ラブ・ミー・テンダー
東京バンドワゴン

小路幸也

集英社文庫

目　次

登場人物

堀田勘一　古本屋〈東京バンドワゴン〉店主

堀田サチ　勘一の妻

堀田我南人　勘一とサチの一人息子。ロックバンド〈LOVE TIMER〉のボーカル&ギター担当

鈴木秋実　埼玉県から来た女子高生。養護施設〈つつじの丘ハウス〉に住んでいる

東健之介（ボン）　〈LOVE TIMER〉のドラムス担当

鳥居重成（トリ）　〈LOVE TIMER〉のギター担当

大河内次郎（ジロー）　〈LOVE TIMER〉のベース担当

石倉セリ　〈曙荘〉に住む大学生

田中拓郎　〈曙荘〉に住む大学生

黒岩香澄　〈曙荘〉に住む大学生

谷口ミカ　ロックバンド〈ニュー・アカデミック・パープル〉のボーカル

祐円　近所の神社の神主。勘一の幼馴染み

一色武男　〈日英テレビ〉プロデューサー兼ディレクター

海部博（海坊主）　芸能事務所〈海部芸能〉社長

若木ひとえ　養護施設〈つつじの丘ハウス〉の施設長

冴季キリ（仲条桐子）　人気の女性アイドル。秋実の幼馴染み

三条みのる（北稔）　人気の男性アイドル。学生時代に我南人と同級生だった

富弥信太郎　芸能事務所〈富弥プロダクション〉社長

御法蔵吉　芸能事務所〈御法興業〉社長

中島伸郎　芸能事務所〈法末興業〉プロデューサー

ブックデザイン　鈴木成一デザイン室

ラブ・ミー・テンダー

東京バンドワゴン

プロローグ

「そんなもの振り回すな！　怪我《けが》させないで捕まえろ！」

叫んだのは、あたしが蹴り飛ばした中年の男。

ナイフを振り回してきた若そうなのが舌打ちしてナイフをしまった。もう一人の男が跳び掛かってきてあたしを捕まえようとした。

躱《かわ》した。

後ろに跳んでトンボ切って着地するコンマ何秒か前にそいつの顔を見たら、びっくりして身体《からだ》の動きが止まっていた。腰も引けていた。他の二人も同じ。だから、着地してそのまま後ろの路地に走って行けば逃げ切れるんじゃないかって思った。

思ったんだけど、着地した瞬間に足の裏に凄《すご》い痛みが走って、足首が変な方向に曲がるのがわかった。

やっちゃった。

そのまま、倒れちゃった。腰も打った。

小石でもあったんだろうか。それを踏んだんだろうか。

「こりゃあとんだ野良猫だったな」

中年の男が、そう言いながら近づいてくるのがわかった。急いで立って逃げようって思ったけど、足首に錐《きり》で突かれたような痛みが走って、また倒れちゃった。

「無茶すんな、野良猫」

その男の声が聞こえてくる。

手を伸ばしてきた。

駄目かもしれない。

トモちゃん、キリちゃん、ごめん。もう会えないかも。

そう思ったんだけど、あたしに近づいてきたはずの男が突然変な声を出しながら、後ろにそっくり返って、そしてそのまま地べたに引っ繰り返っちゃった。

引っ繰り返したのは、背の高い男。シルエットになって顔がわからない。

「どうしたのぉお？　なにやってんのぉ？」

のんびりした、男の声。

ギターケース持ってる。

「誰だてめぇ！」

「誰でもいいよぉ、女の子をいじめちゃあ、駄目だねぇ」

「我南人《がなと》！　なにやってんだよ！」

「だってぇえ、見つけちゃったんだからぁ、見て見ぬ振りはできないねぇえ」

ガナト？

それ、名前？

なんだ、この人。

でかくて、リーゼントで、革ジャン着て、それなのにのんびりイライラするぐらいゆっくりと話してる。そんなふうに、のんびり話しながら、三人のチンピラを相手にしてる。

「危ないなぁ。そんなに怒らなくてもいいじゃないかぁ」

違った。

相手にしてるんじゃない。のらりくらりと躱してるんだ。まるで流れる水みたいだこの人。身体も柔らかいし、何より戦い慣れてるって思う。すごく場慣れしてる感じ。

本当になんだこの人。

「しょうがねぇなまったく！」

他の、ガナトって呼んだ人たちも飛び込んできた。きっとこの人たち、バンドマンだ。ロックンロールでも演《や》ってる連中なんだ。皆それぞれ楽器持っていたもの。その楽器を、離れたビルの陰に置いて、走って。

「おら！　こいやチンピラども！」

あ、エレキギター持ってた男が跳び蹴り喰《く》らわした。たぶん、エレキベース持ってた人は、空手やってる人だ。凄い蹴りを入れてる。あの目茶苦茶身体が分厚い人はドラマーかな。何かやっていたんだろうか、チンピラの首根っこにスリーパーホールドしているけど。相手はまったく動けない。

凄い。なんだこいつら本当に。ロックンローラーって、ミュージシャンって、みんなこんなにケンカが強いの？

「我南人！」

ギターの人が叫んだ。

「なぁにぃ」

うわ、このガナトって人は、どうしてこんなに落ち着いているんだろう。他のみんなが戦っている周りをちょこちょこ動いて手伝っている。

「三対三だ！　ここは任せてお前はその女の子連れてけ！　ちゃんと面倒見るんだぞ！」

「気をつけろよ！　野良猫みたいに爪出してるぞぉ！」

「怪我してるみたいだから、手当てもしてやりなよー」

他の人がケンカしながらもそうやって言って、ガナトって人が、こっちを見た。

「んー、わかったぁあ。じゃあジロー、トリ、ボン、あとは、よろしくねぇえ」

わかった。

ガナトって、ジローって、トリって、ボンって。

〈LOVE TIMER〉だ。

トモちゃんが格好良いって言ってた、最近すごく人気があるって言ってたロックバンドだ。確かこの人たち、この間もすぐ近くでコンサートやっていたんじゃなかったっけ。ポスターをどっかで見たような気がする。

ガナトって人が、あたしの前に立った。

「大丈夫ぅう？」

なんだろう、この人。ニコニコしてる。しゃがみこんできた。

「口、きけるかなぁ？」

子供か、あたしは。

「きけるよ。大丈夫だよ」

ガナトの顔があんまり近くにあったので、急に恥ずかしくなって右手をついて立とうとしたけど。

激痛。またしりもちをついちゃった。駄目だ。立てない。骨は折れてないとは思うけど。

「無理しない方がいいねぇえ」

　ガナトが、すっと動いたかと思ったらあたしは抱っこされていて。

「ちょっと！」

「あぁ、やっぱり抱っこは無理だね腕が疲れるなぁ。おんぶだねぇ、そのまま背中に回ってぇえ」

回ってって。でも背の高いこの人はあたしを下ろそうとしないし暴れて飛び降りるのには足首も痛いし。やっぱりこれ、ヒビぐらいは入っているかも。仕方なくて、ガナトの腕に誘導されるままに身体をずらして背中に移動して。

それにしてもこの人、痩せっぽちなのに、こうやってあたしを抱っこしたりしても少しもふらつかない。よほど力があるんだろうか。ロックンローラーはみんな鍛えているんだろうか。

「よいしょぉお」

ガナトが背中のあたしをもう一度ひょいと上にあげて、あたしは何だか恥ずかしくてそれ以上騒げなくて。

「しっかり摑《つか》まっていてねぇえ」

歩き出した。あたしの腿《もも》のところを抱え込んだ腕が、逞《たくま》しく感じる。

「名前、なんていうのぉ」

「秋実《あきみ》、です」

答えちゃった。なんだかこの人の口調って逆らえない。

「アキミちゃんかぁ。どういう字ぃ？」

「季節の秋に、果実の実」

いい名前だねぇって。あたしはちっともそんなこと思わないけど。顔も覚えていない親が、あたしを捨てた親がつけた名前なんてそれこそ捨てたかったけどそうもいかなくて。それっきり、ガナトは何も言わないであたしをおんぶしたままひょいひょいって歩いていく。舗道を歩いている人たちがちらっちらっとあたしを見てる。

違うか、あたしじゃなくて、ガナトを見てるんだ。そうだよね、確か結構もう顔も売れてるんだよね。

喋《しゃべ》りたくなんかなかったけど、この人があんまりにも黙ってるもんだから。

「ギター、置いてきちゃったけど」

「大丈夫ぅ。後で皆が持ってきてくれるからぁ」

「ガナト、さん、って、ロックやってるミュージシャンでしょ」

「そうだよぉ、知ってるのぉ？」

「あたしの友達の、智子《ともこ》って子が大好きだって言ってた」

「その智子ちゃんによろしくねぇえ」

なんで、この人、こんな喋り方なんだろう。そしてどこへ向かって歩いてるんだろう。

「さっきの、仲間。バンドの人たち、大丈夫かな」

「全然平気だねぇ。あいつらぁ僕より強いからぁ。もう終わってきっとどっかで酒飲んで、あ、僕の荷物あるから追っかけてくるかなぁ」

「バンドやってるのに、あたしのためにケンカなんかして」

ガナト、さん、が、ちょっとだけ頭を動かした。背中のあたしを見るみたいに。

「大丈夫だよぉ。皆、手はなるたけ使わないようにケンカするからねぇえ。商売道具だからねぇ」

そういえばそうだった。キックばっかりしていたっけ。

「寒くないかいぃ」

「大丈夫」

背中が、あったかい。もう十月だから風が冷たいけど、その風もこの人が、ガナトさんが遮ってくれているみたいに、暖かい。

「ガナト、って、どう書くの？」

「〈我、南の人〉だねぇ。変な名前でしょうぉ？　うちのじいちゃんがねぇ、つけてくれたんだよぉ。じいちゃんね、南に住みたかったんだってさぁ」

「本名だったの!?」

びっくりした。てっきり芸名かと思ったのに。南に住みたかったから、我南人か。

「いい名前じゃん」

「そおぉ？　そりゃあ良かったなぁ」

「ねぇ我南人、さん」

「呼び捨てでもいいよぉ、慣れてるからねぇえ」

「どうしてそんな喋り方なの？　普通に喋れないの？」

「できるよ。どうしても普通に話してほしいんだって言われればね」

あ、本当だ。

「じゃあ、どうしてそんななの？」

我南人さんが、ちょっと首を捻《ひね》った。

「僕ねぇ、すっごく小さい頃、どもっちゃってたんだぁ」

元に戻した。

「つっかえちゃったの？」

「そう、なんだか急に上手に喋れなくなっちゃってねぇ。自分の頭で考えていることと喋ろうとしていることにぃ、口が追いつかないって感じでさぁ。そうしたらさぁ、ある人の喋り方を思い出してさぁ、真似《まね》してみたら全然普通に話せたんだぁ」

「それが、この喋り方なんだ」

こんな喋り方する人って、その人なんなんだ。

「それからずーっとこうなんだよぉ。今はねぇ、もう普通に喋っても平気なんだけどぉ、気に入ってるからこのままでいいかなぁって」

「変なの」

「変かなぁ」

「変だよ」

笑っちゃった。あのチンピラたちに殴られたり蹴られたりしたところはじんじん痛いんだけど、なんだか我南人さんの喋り方聞いてたら、おかしくて痛みも薄れてくみたいだ。

「どこに向かってるの？」

「僕のうちだねぇ。こっから近いんだぁ」

「どうして我南人さんの家へ」

「だってぇえ、このまま君の家へ帰ったらぁ、お家《うち》の人心配するでしょう？　心配ないよぉ。家には医者っぽい人もいるし女の子の服もあるからぁ、着替えてさぁ」

あたしには。

「家なんか、ないよ」

「ないぃ？」

あたしは、孤児だから。

「孤児院が、住んでるところさ」

埼玉にあるんだけど、だから別にいいんだ。

「心配する親もいないし。どうでもいいんだ」

「でもぉ」

我南人さんがまた後ろを向くように頭を回した。

「さっきぃ、友達の名前を言ったねぇえ。智子って」

「うん」

智子は、トモちゃんは一緒に暮らしている子。今までずっと仲良く暮らしてきた。あたしの、いちばんの友達。

「なんだぁあ」

「なに？」

「家があるじゃないかぁ」

「ある？」

我南人さんが、大きく頷《うなず》いた。

「親友の智子ちゃんと一緒に暮らしているんだろうぉ？　他にもたくさんの仲間がいるんでしょうぉ？　心配してくれる、大人の人もいるんでしょうぉ？」

「うん、まぁ」

「じゃあぁ、そこが君の家だねぇえ」

「家って」

だからただの施設だって。

「家はねぇえ、秋実ちゃん。心の中にあるものなんだよぉお」

「心の中?」

「心がLOVEを感じてさぁ、その人と一緒に居たいって思っていたらぁ、そこはもう君の家なんだぁ。智子ちゃんとは一緒に居たいんだろうぉ?」

「うん」

そう言われたら、そうだけど。

「LOVEだねぇ」

なんだ、この人。何言ってるんだか全然わかんないんだけど。

LOVEだねぇって。

「馬鹿みたい」

笑っちゃった。歌詞じゃないんだからさ。普通に喋っててLOVEなんて言う人、初めて会った。

この人、我南人さん、何にも訊《き》かない。

どうしてあんなチンピラにからまれていたのか。

どうして追いかけられていたのか。

どうしてこんなところにいるのか。

どうして鞄《かばん》も何も荷物ひとつ持ってないのか。

気を利かして訊かないんだろうか、それとも、何にも訊かなくてもいいって思ってるのか、何にも考えてないのか。

どれでもいいけど。

でも、なんか、それが嬉《うれ》しい。心地よい。このまま、背中におぶさっていたい。

「我南人さんの家は、家族が多いの？」

「多いってほどでもないなぁ。親父《おやじ》と、おふくろと、僕だけで。でも、セリちゃんとか拓郎《たくろう》くんとか香澄《かすみ》ちゃんとかがいるねぇ。あ、バンドのメンバーとかも出入りしてるけどねぇ」

「セリちゃんたちは、親戚の子とか？」

「いや、近所の大学生だよぉ。うちでいろいろ修業みたいなこともしてるのさぁ」

修業？

「なにやってるの？　我南人さんち」

「うちはねぇ、古本屋なんだぁ。〈東京《とうきょう》バンドワゴン〉っていう名前の」

古本屋？

東京バンドワゴン。

「変わった名前だね」

そうだねぇって我南人さんが笑った。

「きっと君も気に入るよぉお。愉《たの》しめる楽しい家だからねぇ」

楽しい。楽しい家ってどんな家なんだろう。

そうか、あたしは今から古本屋さんに行くのか。

〈東京バンドワゴン〉に行くのか。

昭和四十年代　古書店〈東京バンドワゴン〉

第一章　Don't Be Cruel

一

「うん」

縁側のガラス戸から外を見て、小さな庭の上に広がる空に思わず頷いてしまいました。

「良い天気！」

青空は春夏秋冬いつでも気持ち良くて、特にこうやって朝から晴れ上がってくれると、その日はずっといい一日になるような気がします。

十月の秋の日。

「天高く、馬肥ゆる秋ね」

本当にこうやって澄み切った天高い青空というのは、秋独特のものだなぁと思います。

どうしてかはわかりませんけど、秋の低い気温がそうさせるんでしょうか。でもそうなると冬の空の方が高く澄み切っているんと感じてもいいような気もしますが、きっと秋の気温が丁度良いんでしょうね。

ガラス戸を開けると気持ち良い空気が流れ込んできます。ちょっとばかし気温が低いですけど、夜の間に籠った空気を入れ替えるにはやっぱりこれです。

「いい匂い」

金木犀《きんもくせい》の香りも漂ってきます。さっきまで声が聞こえていた雀《すずめ》たちは、戸を開けたからその音で一斉にどこかへ逃げちゃいました。猫のノラと玉三郎《たまさぶろう》も外の匂いを嗅ぎに足元にやってきて、きょろきょろと外を眺めながら鼻をくんくんさせています。

「おはよう。出るの？」

二匹とも同時にわたしの顔をチラッと見て何か言いたげにしてから、そのまま縁側に座り込みました。陽差《ひざ》しが暖かいんでしょうね。ノラはいつでもにゃあと一声鳴いて抱かせてくれるけど、玉三郎は抱っこしようと手を伸ばすとひらりと躱します。追いかけると観念して抱かせてくれるんですけど、同じ猫でも性格が違うのは人間と一緒なんだなぁといつも思います。

「さて」

腕まくりして、朝の始まり。

朝ご飯を作ります。

その前に。

まずは玄関へ行って鍵を開けて郵便受けから新聞を取り出し、持ってきて、座卓の上に置きます。それから階段を上がって二階に行って、我南人の部屋のドアの前でじっと聞き耳を立てます。上手《うま》く寝息が聞こえてきたらいいんだけど、聞こえなかったらそっと開けます。

（あ、聞こえた）

軽い鼾《いびき》が聞こえました。今日もいるんですね。

いるといないとでは朝ご飯の数が変わってくるから、毎日毎日こうやって放蕩《ほうとう》息子がいることを確認しなきゃならないこの面倒臭さをわからせるにはどうしたらいいのか。

おまけに一人でいるとは限りません。今日はそんな気がしたのでそっとドアを開けて確認すると、男女の寝姿がありました。ベッドに髪の長い女性、床に我南人ともう一人男性が寝ています。

（ミカちゃんと、あれはトリちゃんね）

普通は玄関を確認して靴があったら夜中に帰ってきていたんだ何人なんだ、とわかるでしょうけど、この馬鹿息子とその仲間たちは梯子《はしご》で屋根に上がって窓から部屋に入るというのをいつもやります。

どうして普通に、まともに、表玄関から入ってこないのかが本当に理解不能です。夜中に帰ってきたのならせめてメモを書いて居間の座卓に置いときなさいって何度言っても駄目で、他にいい方法はないもんでしょうか。

まぁ酔っぱらって帰ってきても女性にベッドを譲るのは、男子としてはいい心掛けだとは思いますけど。

軽く溜息《ためいき》をついてそっと階段を下りて、台所へ行ってお米を研いでガス炊飯器にセットしてスイッチは後から。洗い場の横に片してあった昨夜の洗い物を食器棚にしまいます。少しずつ空気が冷えてきたので、一晩置いた茶碗《ちゃわん》の冷たさに季節を感じますね。朝ご飯にも使う食器はそのまま台所のテーブルの上に置いておきます。

布巾を絞って、居間の真ん中にある、大正の頃から鎮座しているという欅《けやき》の一枚板の座卓を丁寧に拭きます。この座卓は炬燵《こたつ》にもなるんですよ。昨夜が少し冷えたので急いで炬燵にしましたけど、今朝も結構寒いですよね。お嫁に来た頃と比べると随分と色の深みも増しているように思いますけど、煙草《タバコ》の焦げ跡だけはどうにもなりません。まぁこれも味ってものですか。

それからガス台にヤカンを載せてお湯を沸かして、お鍋には水を張ってだし昆布を入れておみおつけの準備。

朝は他にもすることがたくさんあります。猫たちのお水を交換して、洗面所やトイレのタオルも交換して、玄関の掃き掃除と皆が通る縁側も固く絞った雑巾で軽く拭いておきます。神棚のお水も交換して、仏壇にも火を灯《とも》してご先祖様にご挨拶。

あ、そうそう忘れてました。ミカちゃんとトリちゃんの歯ブラシも出しておいた方がいいですね。いっつも我が家に泊まる人たちの歯ブラシはちゃんと名前を書いて置いてあるんですよ。ミカちゃんは石鹸《せっけん》も置いてありますよね。

そうこうしていると、玄関の戸をそろそろと開く音が聞こえてきました。「おはようございまーす」という小さな声も響きます。縁側をそっと歩く足音がして、セリちゃんが台所に姿を見せました。

「おはようございますサチさん！」

「おはよう。今日はセリちゃんなのね」

「はい！　なにやります？　目玉焼き作ります？」

「じゃあ、ご飯のスイッチを入れて、ヤカンのお湯が沸いたらポットに入れてお茶の支度をしてね。それから冷蔵庫に入っている昨夜の残り物の肉ジャガを、お鍋に移してあたためてちょうだい」

「了解です！」

セリちゃんがおかっぱの頭を揺らしてにっこり笑って敬礼します。最近のセリちゃんの中では敬礼がブームなんですよね。いっつも背筋を伸ばして敬礼します。

　戦争を経験したわたしたちからすると、敬礼にはそれほど良い思い出はないのですけど、戦争を知らない若い子にはわからないですよね。愛嬌《あいきょう》のある顔立ちのセリちゃんがやると可愛《かわい》らしいので、何も言わないでいます。

　それにしてもセリちゃん、その極彩色のセーターは初めて見ますけど凄いですね。思わず触ってしまいました。

「これ、手編み？」

「そうですよー」

「上手ねぇ」

「それだけが取り柄なんで」

　本当に上手ですけど、赤青黄色、緑に茶色に白に紫、他にも文字通り色々な毛糸がよくわからないぐらいに使われています。よくもまぁこんなに色を使って、それでいて全体に感じ良くまとまっているというのは、これもセリちゃんの才能ですね。

「勘一《かんいち》さんにも作ってみましょうか！　着てくれますかね？」

「どうだろう。でもセリちゃんからのプレゼントだったら、苦虫嚙《か》み潰したような顔しながらも着るかもよ」

　二人で笑います。あれであの人は派手な物を嫌いではありませんから、ひょっとしたら案外気に入るかもしれませんね。

今日の朝ご飯は、白いご飯、人参と玉葱《たまねぎ》とさつまいもに豚肉も入れた豚汁風の具沢山のおみおつけ、昨夜の残り物の肉ジャガに、卵はだし巻き卵にします。魚肉ソーセージを切って玉葱とピーマンときのこを一緒にバターで炒《いた》めてだし巻き卵に添えて、鮭《さけ》を焼いて、焼海苔に冷奴《ひややつこ》におこうこ。秋茄子《あきなす》の煮浸しは昨夜作っておいたので出すだけです。そうそう、頂き物の柿があるのでそれをデザートに剝《む》きましょうか。

そろそろご飯が炊き上がる頃。

「拓郎たち、起こしてきますねー。ついでにお豆腐貰《もら》ってきまーす」

「お願いね」

セリちゃんが足取りも軽くまずは玄関を出て、自分の家でもある〈曙荘《あけぼのそう》〉へ向かいます。二人を起こしたら我が家の裏の左隣にあるお豆腐屋さん、杉田《すぎた》さんからお豆腐を三丁持ってきてもらいます。もちろん、お代は後から払います。

セリちゃんと入れ替わるように勘一さんがのそりと居間に姿を見せました。

「あら、おはようございます」

「おはようさん」

「自分で起きたんですか」

訊くと、まだ寝ぼけ顔で頷きながら、座卓の上座に腰を下ろします。

「ノラが起こしに来やがったよ」

たまにですけど、そういう日があります。きっとお腹《なか》が空《す》いてるんでしょうね。早くご飯をくれって言ってるんでしょう。

玄関の戸がまた開いて、声が響きます。

「おはようございまーす」

拓郎くんにセリちゃん、香澄ちゃんが挨拶をしながら入ってきます。

「我南人さん、起こしてきますね」

ぺこん、と頭を下げカールした長い髪を揺らしながら香澄ちゃんが居間を通り抜け小走りで二階へ向かいました。新聞を広げていた勘一さんがちらりとその後ろ姿を見ましたね。いいんですよ、放っておいてください。またミカちゃんが一緒に寝てるのを見て、香澄ちゃんが渋い顔で戻ってくるのが眼《め》に浮かびます。

セリちゃんに拓郎くんに香澄ちゃん。

三人とも〈曙荘〉に下宿している学生さん。

学生さん相手の下宿〈曙荘〉をやっている一軒向こうの仲本《なかもと》さんの奥さん、タキさんが入院してしまい、我が家で学生さんたちの朝ご飯と晩ご飯を作るようになってから二ヶ月。すっかりわたしも学生さんたちもこの暮らしに慣れました。

もともとセリちゃんと拓郎くんは大の本好きで、大学に入学して〈曙荘〉に入居して以来、お店にずっと出入りして店番なんかもしてくれていましたし、ご飯は大勢で食べた方が美味《おい》しいですからね。

まさにお義父《とう》さんが遺した家訓である〈食事は家族揃《そろ》って賑《にぎ》やかに行うべし〉です。

「おはようございます！」

ミカちゃんのハスキーな声が響いてきました。

ミカちゃん、寝不足で真っ赤な眼をしながらも、長いストレートの髪の毛を揺らしながら勢い良く勘一さんの真横に正座して頭を下げます。

「親父様ミカです！　昨夜も酔っぱらって一晩ご厄介になってしまいました！　どうぞこのアバズレめとお笑いくださいませ！」

いつもの、ミカちゃんの時代掛かった謝罪の言葉です。

「あぁわかったわかったおはようさん。さっさとどっかに座るといいやな」

「ありがとうございます！　失礼します！」

勘一さんも苦笑いするしかありません。もう何度も何十回も、うら若い女の子とお酒を飲んで酔っぱらって家に泊めることで我南人とは喧嘩《けんか》してますからね。いい加減飽きき飽きしてますよね。

「おはようぉお」

「おはようございます！　おやっさんサチさんいつもすみません！」

我南人とトリちゃんも寝不足の眼をこすりながらやってきて、これで今朝の全員は揃いましたね。

どんなに二日酔いで寝不足であろうとも、この家に泊まったからには朝ご飯を一緒に食べるというのは決まりみたいなものです。ご飯を食べた後に二度寝しようとそれは自由ですけどね。

我南人の話では、我が家の朝ご飯を食べるのが楽しみで皆はわざわざ泊まりに来るみたいですけど、それはまぁそれでちょっと嬉しいです。

「はい、じゃあそれぞれにご飯よそって、準備してくださいな」

順番に好きなだけよそって、それぞれが適当な場所に座ると、皆で揃って「いただきます」です。

「昨日はボンちゃんとジローちゃんが帰ったのね」

「セリちゃん、そのセーターすごくきれい」

「ミカちゃんよ」

「いやー、本当にオレってサチさんの作る肉ジャガ大好きだ。持って帰りてぇっスよ」

「帰ったよぉ、ジャンケンで負けてねぇ」

「はい、何ですか親父様！」

「本当？　嬉しい。香澄ちゃんにもお揃いで作る？」

「二人でそんなサイケなセーター着てたら眼がチカチカするから勘弁してください」

「いつも言うけどな。結婚前の若い娘さんが恋人でもねぇ男の部屋で一緒に寝るってのはよ、感心しねぇけどな」

「トリちゃんのお母さんだって肉ジャガぐらい作るでしょう」

「あ、母さんさぁ、これ来月のコンサートのスケジュールねぇ。よろしくぅ」

「わかっております！　ご指導ご鞭撻《べんたつ》ありがとうございます！」

「いやー、いつも我南人にも言うんスけど、本当にサチさんの料理旨《うま》いんスよ」

「だからトリさんたち泊まりに来るんですよね。僕も大きな声じゃ言えないけど大家さんのご飯より」

「こら拓郎、それは言いっこなし」

拓郎くんがセリちゃんに窘《たしな》められて、肩を竦《すく》めました。言いたいことはわかりますけど、それは絶対に仲本さんに言っちゃ駄目ですよ。

「でも、どうなるんでしょうか。大家さん、仲本さんはこの後」

拓郎くんが続けました。

「僕たちはこうやって堀田《ほった》さんにお世話になれるのは、とても嬉しいのですけど」

「そうさなぁ」

勘一さんも頷きました。

「まだ具合悪いっていうタキさんに無理させたくねぇしな。かといってちゃんとお代は貰っているとは言っても、サチに毎日負担掛けてるのも事実だしなぁ」

「オレたちのマネージメントだってやってもらって忙しいですよねサチさん」

　トリちゃんが言います。

「あら、わたしは平気ですよ。ご飯なんかは結局作るんだから、それが何人分になろうが同じですよ。セリちゃんも香澄ちゃんも毎日手伝ってくれているんだし」

「あ、あたしも今度手伝いに来ましょうか！　こう見えて料理は自信あるんで何だったらずっとここに泊まっても！」

「大丈夫です！」

　ミカちゃんに香澄ちゃんが言いました。

「ご安心ください。下宿の問題は下宿人で解決します。皆の朝ご飯も晩ご飯もわたくしとセリがしっかりお手伝いしますので」

　ミカちゃんと香澄ちゃんの間にまたしても火花が散ったように思ったのはわたしだけじゃないですよね。

　こういうときに狡《ずる》いのは男ですよ。

　勘一さんは素知らぬ顔でだし巻き卵を口に運び、拓郎くんもトリちゃんも「あぁご飯が美味しい」などと唐突に言いながら口をもぐもぐしています。

　中立のセリちゃんもここは何も言いません。

そもそもこの問題の中心にいる当の我南人は何にもわからないといった風情で、いえ実際にこの馬鹿は本当に何にもわかっていないんですけど、だし巻き卵のかけらをノラと玉三郎にあげています。

若者たちのことがわからないというのは、わたしも年を取ったということでしょう。まだ四十代で若いつもりではいるんですけど、本当に、我が息子ながら、我南人がこんなにも女性にモテるのが不思議でなりません。

以前にセリちゃんに訊いたんです。セリちゃんは我南人のことなどなんとも思っていないですからね。

セリちゃん曰《いわ》くです。「女はキラキラ光るものが好きで、我南人さんは無垢《むく》な心と才能がキラキラしてるんですよ」だそうです。

無垢な心とはいったい何だろうと本当に首を捻りました。我南人は無垢というよりかは何も考えてないただの馬鹿なのではないかと。

才能があることは、認めてるつもりです。

音楽的な素養は子供の頃からありましたよね。音感に優れていて、昔は家にあったピアノをわたしが弾くと子供ながら素晴らしい音程で歌っていました。楽器はちょっと教えてやるとあっという間に上達しました。

周りの人は、そもそもわたしにも勘一さんにも音楽の基礎があったのだからと言いますし、何よりもあの子は外遊びをするよりも、昔一緒に住んでいたジョーさんや十郎《じゅうろう》さん、マリアさんたちが残していったレコードを一日中聴いていましたよ。三つ子の魂なんとやらですけれど。

「あ、後でねぇ」

我南人がおみおつけを飲み干してから、ミカちゃんと香澄ちゃんの間の火花を何も感じないように言います。

「午後からだけどぉ、ジローもボンも来るからぁ。母さんの揚げドーナツ食べたいって言ってたよぉ」

「はいはい」

「皆で蔵ぁ使うんなら火の元に気ぃつけろよ。汚すんじゃねぇぞ」

「わかってるよぉ」

我南人のバンド〈LOVE TIMER〉が揃ってミーティングですね。

練習ではなく、コンサートの選曲や新しく作っている曲の披露なんかで軽く音を出したりするので、我が家の蔵の中二階がちょうどいいんですよ。それなりに広いですし、多少ギターを弾いたり騒いだりしても近所迷惑にはならないですから。

一時限目から講義がある拓郎くん、香澄ちゃんにセリちゃんが出掛けると急に家の中けが静かになります。ようやくご飯にありつけたノラと玉三郎が足元で一心不乱に食べ続ける中、ミカちゃんが洗い物を手伝ってくれます。

「ミカちゃんも今日はずっといるの？」

「いえ！　片づけたら帰ります！　あたしもバンドの練習があるんで！　スタジオ入らなきゃならないんで！」

ミカちゃんがリードボーカルをやってる〈ニュー・アカデミック・パープル〉。ミカちゃんを入れて六人編成のバンドです。

「この間のセカンドアルバム、評判どう？」

「いやあー」

ミカちゃん、台所のテーブルを拭きながら、顰《しか》め面《つら》をします。

「身内の評判はいいですけどねー。なかなか売れないっ！」

「気持ち良いアルバムよね。わたしは好きよ」

「サチさんに言ってもらえると元気出ます！　光栄です！」

歌うとさらにハスキーな声でハードなシャウトもするしアクションも派手なミカちゃん。眼が大きくて小悪魔みたいで、それでいてコケティッシュな魅力を振りまく女の子なんですけど、普段は本当に元気一杯のちょっと変わった女の子なんですよね。

「もういいわよミカちゃん。一度家にも帰るんでしょう？」

「承知です！　失礼します！」

たたたっ、と階段を上がる音が響いて、また今度は階段を下りる音が聞こえ、勘一さんに挨拶する声が響いて玄関の戸を開け閉めする音が聞こえて。本当にいつもミカちゃんはパワフルでスピーディです。

そろそろポットのお湯を入れ替えて熱いお茶を出す頃かと居間に行くと、広げた新聞から顔を上げて、勘一さんは渋い顔をします。我南人とトリちゃんは二階の部屋に戻ったようですね。あ、洗面所ですか。顔を洗っているんですね。

「何ですか？」

「いや」

勘一さん、何か言いたげに湯呑《ゆの》みをこちらに滑らせるので、残ったお茶を茶殻入れに捨てて、新しいお茶を淹《い》れます。

「何度も言うけどよぉ」

「はいはい」

「悪い子じゃねぇのは充分にわかってるよ、わかってるけどよ、あのミカの、谷口《たにぐち》ミカさんの騒々しさは何とかならねぇのか」

なりませんよそんなの。

「騒々しくても可愛いじゃないですか。香澄ちゃんは静かで可愛いし」

「香澄ちゃんの場合は静か過ぎて怖《こえ》ぇよ。見たことあるか？」

「何をですか」

勘一さんが右手でグーを作って顔の前に持ってきました。

「前にミカと朝飯食べながら口喧嘩したとき、口じゃ敵《かな》わねぇもんだから香澄ちゃんは箸をこうやって握って構えてんだぞ刺す気満々でよ」

「刺しませんよ。はい、熱いお茶。自分の息子のお嫁さん候補がたくさんいるんだって思えば、いいじゃないですか」

「あんなのが嫁でお前はいいのかよ」

「あんなのって言い方はないでしょう」

はあぁ、と勘一さん溜息をつきます。

「嫁さん候補ってんならよ。古本が大好きでそこそこ気が強くてそこそこ可愛くてよく気のつく、ちょうどいい具合のセリちゃんだったらよかったのによ」

「そんなこと言うもんじゃないです」

確かにセリちゃんは大学でも国文学科で本が大好きで、暇さえあれば進んで店番も引き受けてくれていますけれど。

「拓郎くんの彼女なんですからね」

やれやれ、と言いながら勘一さんは湯呑みを持って、立ち上がってお店に向かいます。

「何でもいいからてめぇの女のゴタゴタを家の中にまで持ち込むなってんだ」

「我南人本人にそう言ってください」

言ったら言ったでまた大喧嘩になりますから、嫌ですけどね。

でも、我南人は勘一さんと喧嘩になると口調がまったく普通になって怒鳴ったりするので、それはそれでおもしろいんですけど。

勘一さんがお店の玄関の鍵を開け、雨戸を引く音が響きます。

そろそろ開店の時間。

古書店〈東京バンドワゴン〉は今日も休まず営業です。

二

古本屋の日常の仕事というのはほとんどが本の整理です。

仕入れたまま未整理の古本は山ほどありますから、それを一冊一冊調べて売り物になるのかどうか、なるならばお店に出すのか、然《しか》るべき筋に持ち込むのかを判断します。

意外に多いのが大学や公的機関へのこちらからの持ち込みなんです。

この間も、ちょっと大きな声では言えないのですが、戦時中の軍の書類などがさるところの物置から我が家に持ち込まれ、ぼろぼろになりそうだったそれを修復して資料として公的機関に持ち込んで売ってきました。

そういう方面はわたしは明るくないので、全部勘一さんにお任せです。明治十八年から続く古書店〈東京バンドワゴン〉の三代目として、東京の古書業界の表も裏も知り尽くしていますからわたしが口を挟む余地はありません。

落丁がないか、落書きや挟まっているものはないか、黴《かび》が生えたりしていないか。確かめなきゃならないことは山ほどあります。汚れを拭いたりして売り物になるとわかったら、店頭に出すものは帳面につけて、〈東京バンドワゴン〉の屋号入りの値札を貼って値段を記入して。売り物にはなるのだけど、どこか専門のところに持ち込むか、あるいはしばらく蔵にしまっておいた方がいいものは別の帳面につけます。それでなくても店頭に出せる数は決まっていますから、蔵の中に保管していく古本の数は増えるばかりなんですけど。

帳場の文机《ふづくえ》に座ってそういう仕事をしている勘一さんの後ろで、わたしも文机を前にして一緒に整理をします。

「あれだなぁ、サチ」

勘一さんが先日仕入れた昭和初期の雑誌の山を、一冊一冊確かめながら言いました。

「はい、何ですか」

「拓郎もセリちゃんも来年は四年生じゃねぇか」

「そうですね」

我南人のひとつ下ですからね。もっとも先輩であるはずの我南人はとっくに大学を除籍されてしまいましたけど。

「この間、拓郎の奴《やつ》が言ってたんだけどよ。学校卒業したらそのまま修業したいって話も、真面目に考えてやらなきゃならねぇかなぁ」

「あら」

拓郎くんがそんなことを。

「でも拓郎くん、卒業したら実家のある広島に帰るって以前に言ってましたよ」

「それがよ」

勘一さん、くるりとわたしの方へ身体ごと向き直りました。少し前かがみになって小声で言います。

「こないだな、ほら拓郎と我南人と三人で勇造《ゆうぞう》んところに飲みに行ったじゃねぇか」

「あぁ、行きましたね」

勘一さんの幼馴染《おさなな じ》みで、〈長寿庵《ちようじゆあん》〉というお蕎麦《そば》屋さんのご主人の勇造さん。お蕎麦屋さんですけどお仲間で飲むときにはいっつもそこにお邪魔してます。あそこはお酒の肴《さかな》もたくさんあって本当に美味しいんですよね。

「そういやぁ三人で飲むなんて初めてだってんで話はまぁ弾んでな。そうしたら拓郎の奴酔っぱらっちまってよ。実は弟がいるんだって話し始めて」

「弟さんですか」

「で、その弟とは随分とまぁ気が合わないらしくてな。会えばもうすぐに喧嘩になるとかでな」

「あなたと我南人もよく親子喧嘩していますけどね」

「いやそれとはわけが違う。とにかくもうお互いに性分が合わなくてよ、かなり根深いもんらしい。それでいて弟の方がかなり優秀でしかも家にいる親父さんとかとは気が合うらしい」

なるほど、と、頷いてしまいました。

わたしは兄弟姉妹がいませんからよくはわからないんですが、そういう話はあちこちで聞きます。どうして兄弟姉妹として育って仲が良くないのかそうなってしまうのかは、本当にどうしようもないことらしいです。

「じゃあ、ご実家を継ぐのは。確かご商売をやっているんですよね」

「乾物屋とか言ってたよな。本来なら長男が継ぐのがまぁ筋ってもんだけどよ。できれば弟に継がせた方が家の平穏が保たれる。そのためには、自分が継がない理由が欲しいってな」

「その理由っていうのが、我が家で修業ですか」

そういうこった、と、勘一さんが腿を叩《たた》きました。

「自分はいつでも自分に対して正直でいたい。フリーな精神が必要だとか抜かした後に将来的には古本屋かもしくは本屋、じゃなくても何か本に関する商売をしたいってことでな。当分は我が家で修業ってことにすりゃあ、互いに面目が立つってことらしいな」

よくわからない理屈ではあるんですが、あの子のことだからきっと大真面目に言っているんでしょうね。

「どこかの会社に就職とか考えた方が絶対にいいと思うんですけど。古本屋なんてどう引っ繰り返っても儲《もう》からない商売を何を好き好んでねぇ」

「それは俺に言ってもしょうがねぇやな。とにかく本人がそう言うならこっちは構わねぇと思ってよ」

「そうですね」

未来ある若者の将来を潰し兼ねないとはちょっと思いますが、本人がそれを望むなら、ですね。

「でも、あれですね」

「なんでぇ」

「拓郎くん、入学してきた頃はものすごく堅物で真面目な男の子だったのに、うちに来て我南人と付き合い出してそんな風になっちゃったのなら、何かご両親に申し訳ないわ」

ああ、と、苦笑いしながら勘一さん煙草に火を点《つ》けました。

「ありゃあ本当にくそ真面目だったよな。我南人を初めて見たときにゃあ、あのリーゼントに眼を白黒させてたよな」

あなたもわたしと初めて会ったときには鶏冠《とさか》みたいな髪形をしてましたよね。親子揃って意外と似合うのが面白いです。

「それによ、ほらセリちゃんともな、結婚できるようになるまでは同棲《どうせい》するみたいなこと言ってるじゃねぇか」

「言ってますね」

〈曙荘〉は学生相手の下宿ですから、卒業したら当然出なきゃなりません。

「金もねぇ若い二人の同棲なんてよ、ろくなもんにならねぇんだから二人でうちで住み込みでもすりゃあ、まぁうちでもろくな稼ぎにはならねぇけど、少なくとも毎日の飯を食うには困らねぇと思ってよ」

「そうですね」

儲からない商売とはいえ、毎日のご飯をきちんと食べられるぐらいには利益はあります。近頃は我南人が家に入れてくれる印税やギャランティも馬鹿になりません。あんなりはしていますけれど、そういうところはとても親孝行な息子なんですよ。

何にしてもこんな我が家を好いて通ってくれる若い子たちですから、何とかして力になってあげたいと思いますけど。

りんりん、と、ガラス戸に付けた鈴が鳴りました。

「どぉーもー！　おはようございますー」

サングラスに濃紺のダブルのスーツに黄土色のトレンチコート、ピンクのシャツにチェック柄のネクタイ。何とも派手な姿で入ってきたのは、一色《いっしき》さんですね。勘一さんが、思いっきり顰め面をしました。わたしも思わずしてしまいそうになるのを堪《こら》えました。

一色さん、これはどこぞで徹夜で飲んできてそのまま朝帰りですね。お酒の臭いがここまでしてきます。

「いやぁ、勘一さん。サチさん。朝っぱらから申し訳ないですねぇ」

勘一さんが溜息をつきます。

「お客さんなら申し訳ないってこともねぇけどな一色さん。酒臭いよあんた」

「いやぁ、もちろん客です客です！　申し訳ないですね酒臭いですかね、いやザギンでずーっと飲んでましてね」

帳場の前に置いてある丸椅子に一色さん、どすん、と腰掛けます。

「そこね、そこの道、タクシーで通りかかったら〈東京バンドワゴン〉さんを思い出しちゃってね。ちょうどいいやって降りてきたんですよ。あのね、勘一さん」

呂律《ろれつ》は回っていますから、一応判断力はあるようですけど。

「アメリカのね、イギリスでもいいんですけどね、ほら、大きなクラブとかキャバレーとかあるじゃあないですか本場の。あ、劇場でもいいですよ、劇場には必ずそういうのがあるじゃないですか！　そういうところの造作の資料が欲しくってね。できればその辺の写真がいっぱぁいあるもの。探してんですよ。ないですかね？」

「ないこともないが、見繕うかい？」

「お願いします！　金はいくら掛かってもいいです！　あればあるだけ！　領収書の宛名は〈日英《にちえい》テレビ〉で！」

そうなんです。一色さんはこれでも大きなテレビ局のプロデューサー兼ディレクターなんですよ。それもかなり偉い部類に入る方だとか。とてもそうは見えないんですが、そうらしいです。

あぁでも一色さん、本当にお酒臭いです。

「ちょいと蔵見てくるからよ。茶でも出してやれよ。少しは酔い醒ましになるだろう」

「はい」

「あ、こりゃすいませんね！　いや本当申し訳ない！」

服はいっつも派手でどこかのヤクザ屋さんみたいなんですけど、張りのある声ですし、見栄えも俳優にしてもいいぐらい渋いんですよね一色さん。

これで素面《しらふ》のときは打って変わって真面目になるんだったらまだいいんですけど、ほとんどいつもこの調子です。

「はい、どうぞ粗茶ですが」

「あぁサチさんすみません！」

湯呑みを持って、ふぅふぅ言いながらお茶を飲みます。

「あー、お茶が旨い。何かあれですよね、年取ってくるとどんどん日本茶の旨さがわかってきますよね」

「それは本当にそうですね」

「ところで、我南人くんは、〈LOVE TIMER〉の皆は元気ですか」

あら、声が少し落ち着きましたね。思いっきり苦くしましたから、少しは酔いが醒めましたか。

「元気ですよ。皆、相変わらずです」

「ですよねぇ、こないだもね、〈ナイト・ホークス〉で演ってるの観《み》たんですけど、相変わらずトんでますねぇ」

テレビ局の方なんて古本屋には似合いませんが、実は我南人がきっかけで我が家にやってくるようになったのですよね。

一色さん、テレビ局のプロデューサーとして今までにいろんな番組を作られてきたそうですが、元々は大の音楽好き。大学ではジャズ研究会に入っていて自分でもドラムスをやっていたそうですよ。

我南人のバンドである〈LOVE TIMER〉もまだレコードデビュー前にどこかで観て、これは凄い！　と思ってくれて、何とかしてテレビの番組に出てほしいと交渉をしにやってきているのですが、我南人たちにはけんもほろろに断られ続けています。

我南人の仲間たちというか、ニュー・ロックとでも言えばいいんでしょうか。ここのところ、新しい世代のミュージシャンたちが、若者に支持されてきましたよね。ミカちゃんの〈ニュー・アカデミック・パープル〉もそうですし、他にも我南人たちと仲が良い〈ろまんちっくなふらわぁ〉とか〈金丸《かなまる》バンド〉もですね。

そういう新しい時代の音楽をやっているミュージシャンを何とかしてテレビ番組に呼んで一大ブームにさせようと、とんでもない視聴率を取ろうと一色さんは企《たくら》んでいるらしいのですが、誰も乗ってこないっていつも愚痴っています。

「母親でありマネージャーでもあるサチさんからも、ちょっとぐらいはテレビに出てもいいんじゃない？　とか言ってくれるとありがたいんですけどねぇ」

一色さんが神妙な顔をして言いますけど、駄目ですよ。

「わたしはただの事務のおばさんですよ。そもそも二十歳《はたち》過ぎた息子が母親の言うことなんか聞くはずないでしょう。一色さんは若い頃、お母様の話を、言うことをちゃんと聞いてましたか?」

あちゃあ、と、一色さんおでこを自分の掌《てのひら》で打ちます。

「こいつは一本取られました。その通りですねぇ」

勘一さんが蔵から本を抱えて戻ってきました。

「ほい、こんなところでどうだい」

写真集や、洋書ですね。判型もいろいろなもので十冊ほどはありますか。

「ありがたいです!」

「あれかい? テレビ番組のセットとかの参考資料かい」

「そんなところです。こっちにも資料室とか大層な名前付けてる部屋があるにはあるんですけどね、これに関しちゃあろくなもんが揃ってなくて。本当にね、お世辞じゃなくてここを資料室にしちゃいたいぐらいですよ」

「おべんちゃらはいいやな。持ってくのはけっこう重いぜ? 何だったら荷物にしてテレビ局宛で送るって手もあるけどな」

「いやぁ、このままタクシーで局に戻りますんでね。持っていきますよ」

朝までお酒飲んで帰ってきたのに、そのまま局に戻るんですか。勘一さんが少し呆《あき》れ顔をしました。

「そのまま仕事するのかよ」

「まさか、ちょいと仮眠はしますよ。局には仮眠室ってのがありますからね。まぁほとんど私の部屋みたいなものですけど！」

ガハハ、と大口開けて笑います。

「一色さんよ」

「はいはい」

「あんたが仕事熱心なのは、まぁ我南人を口説こうとしてしょっちゅう通ってきてくれるので充分承知してるけどよ。確か俺と同じぐらいの年だよな？」

「そうですね。私の方がひとつ下だったと思いますがね」

「独身なのかい」

一色さん、照れ臭そうに頭を掻《か》いて、またガハハ、と笑いました。

「実は、二回失敗してます」

あら、二回もですか。

「お子さんは？」

「や、いないんですわ。まぁ私はね、自分が作る番組が子供みたいなもんなんですよ、って真顔で言うのがこれがまたザギンとかでホステスのねーちゃんとか、色っぽいタレントのねーちゃんにウケがいいんですよ！」

今度は何かいやらしく、ひっひっひ、と笑います。このお方、どこまで本気で言ってるのか本当にわかりません。

「そういえばタレントって言えば勘一さん」

「なんでぇ」

「私も知らなかったんですけどね、勘一さん、芸能関係に知り合いがいるんじゃないですか」

「あ？」

芸能関係の知り合いですか？

「んなもんいねぇぞ。うちはただの古本屋だ。まぁ我南人のせいで音楽やってる若い連中はしょっちゅう出入りしてるけどよ」

「いやいや先日ね〈海部《かいふ》芸能〉の海部社長と話していて、たまたま我南人くんの話になって、ここの話になったんですよ。そしたら堀田さんは古い知人だって懐かしそうに言ってましたぜ。何でも、勘一さんもサチさんも若い頃にはジャズ・バンドでステージに立ったことがあるって話じゃないですか！」

勘一さんと二人で思わず、あぁ、と顔を見合わせ頷いてしまいました。

海部さん、そうです。

「海坊主さんのことかよ」

「海坊主？」

思い出して笑ってしまいました。海坊主さんこと、海部博《ひろし》さん。

そういえば、年賀状や季節の便りのやりとりこそあの頃からずっとしてはいますけど、もう十年、いえ十五、六年もご無沙汰していますでしょうか。

「いかにも海坊主って感じだろう。若い頃からのあだ名なのさ。元気なのかい、海坊主の旦那は」

「そりゃあもう、あのガタイですからね。滅多なことでは倒れませんよ。どんなお知り合いだったんですか？」

勘一さん、にこりと微笑《ほほえ》みます。

「戦後すぐのな、もう遠い昔の話だし他人様《ひとさま》に詳しく話すようなこっちゃねぇがな。海坊主の旦那には、まぁ俺たちの、何だな、暮らしの糧を得るためにあれこれ随分とお世話になったのさ」

そうですね。あの頃にわたしたちを助けてくれるために興行のマネージメントのようなことを引き受けていただき、それからずっとそちら方面の仕事をしているとは聞いています。一緒にわたしたちを守ってくれた山坊主さんこと山川光夫《やまかわみつお》さん、そして川坊主さんこと川本治《かわもとおさむ》さんもお元気でしょうかね。

「そうですかぁ、戦後すぐのね」

一色さん、深く頷きます。

「あの頃はまぁ、思い出して今と比べれば、本当に随分と遠い昔の出来事のようになってしまいましたよね」

「まったくさな。お前さんも出は東京かい？」

「そうです。と言っても武蔵野界隈《むさしのかいわい》でしたけどね」

一色さんも同じ年頃ですから、当時は色々とあったと思います。

「や、朝っぱらからしんみりしちゃあマズイですね。ありがとうございました！　今度は素面でまた来ますんで！　我南人くんによろしく！」

大きめの紙袋に入れてあげた本を抱えて、一色さんが大股で店を出て行きます。見送って、やれやれと勘一さんが苦笑いしました。

「いつも陽気で元気ですよねぇ」

「良く言えばな。ただの騒がしい軽っちょろい野郎だけど、まぁあんなふうに仕事熱心なのはいいこった」

「そうですよ。いつも本を買ってくれるお客さんでもあるんですから、あんまり冷たくしない方がいいですよ」

別に冷たくはしてねぇよ、と勘一さん言って、ひょいと首を捻ります。

「まぁ本人たちの好きにさせんのがいちばんだけどよ」

「何ですか？」

「我南人たちぁ、何であんなにテレビになんか出ねぇって頑張って言ってんのかね？　そこんところが俺にはちょいとわからねぇんだが」

その話ですか。

「このカラーテレビも普及してる時代によぉ、世の中のいちばんの関心事ってのはほとんど全部テレビからだ。そのテレビに出りゃあ有名になって曲が売れれば金が稼げて、またどんどん自分たちの好きな新しいことができて、いいことずくめじゃねぇかって思うんだけどな」

確かに、テレビに出て、自分たちの曲が売れればそうなるでしょうけれど。

「でも、うちだってそうじゃないですか」

「うち？」

「目録は作らない、宣伝はしない受けない、組合にだって入らない。〈東京バンドワゴン〉は一匹狼だって」

商売のことを考えるなら新聞に広告を打ったりチラシを挟んでみたっていいのに、何もしません。

「それはおめぇ、うちには守らなきゃならねぇもんがあるからで、わかってるだろうよ」

「わかってますよ。だから、我南人たちも、そうなんじゃないですか」

勘一さん、むぅ、と腕組みします。

「守らなきゃならんものがあるって、自分たちで決めてんのか」

「そうなんだとわたしは理解してますよ」

我南人が、自分で曲を作って演奏して歌うようになったのは中学の頃から。そのうちに仲間が集まってきてバンドを組んで、コンサートやステージに立つようになって、自分たちでレコードまで出してそれが話題を呼ぶようになって。忙しくなってしまってわたしがマネージャーに駆り出されていますけど。

「ただ好きにやっているんでしょうけど、でも、若さに任せての勢いだけじゃないんでしょう。自分たちの音楽はそういうテレビみたいな環境で作られるものじゃないという、何か誇りみたいなものを感じているんだと思いますよ」

そう言うと勘一さん、ひょいと肩を竦めて笑いました。

「まぁガキどもが意気がって突っ張るってのは悪いこっちゃねぇし、昔も今も変わらねぇもんだがな」


午後になってさらに風が冷たくなってきました。

何せ古色蒼然《こしょくそうぜん》とした我が家です。そして離れはもちろん、家のあちこちに本が置いてあります。小さな本も数が多くなれば重くなり床が沈むのですよね。

ですから、隙間風対策はいろいろとしていますけど、これから冬に向けては炬燵だけでは厳しくて、電気ストーブや石油ストーブなどの暖房器具の準備は欠かせません。
それでも我南人がまだ小さい頃まではアンカや火鉢だけで過ごしていたんですから、それから考えれば雲泥の差です。一時期は薪《まき》ストーブも置いたことがあったんですが、やはり紙ばかりを扱う商売ですから安全第一と、勘一さんは暖房器具は常に最新のものを無理してでも用意します。

猫は炬燵で丸くなる、と歌いますけど、実は丸くなるばかりではありませんよね。ノラも玉三郎も炬燵にした座卓に、まるで人間みたいに身体を突っ込んで頭だけ出して伸びています。猫は毛皮があるのにどうしていつも暖かいところに居たがるのか、不思議ですよね。それとも毛皮はそれほど暖かくないってことなんでしょうか。

蔵の中で打ち合わせしていた我南人たちが、三時のおやつを食べたいと居間まで戻ってきました。男の子はいつまで経《た》っても子供みたいで、特に仲の良い仲間と一緒にいるときはそうですよね。

「サチさん、昔はピアノ弾いていらっしゃったんですよね。相当にお上手だったと聞きましたけど」

おやつに作ってあげた揚げドーナツを食べながら、ボンちゃんが言いました。ボンちゃんは普段はいつも大人しくて、そして丁寧な言葉遣いで喋ります。

「弾いてましたよ。そんなに上手じゃなかったと思うけど」

「前はぁピアノあったからねぇうちにも」

「あったよな。そういえばいつの間にかなくなったけどどうしたんだ？」

トリちゃんが言います。

「貧乏だったから大分前に売っちゃったんだよぉ。古本屋なんて儲からないからねぇ」

そんなこと友達の前で言うことじゃありません恥ずかしい。本当のことですからしょうがないですけど。

トリちゃんが申し訳ない、っていう表情をしましたけど、いいんですよ気にしないで。

「でも、今でも弾けるんじゃないんですか？　今度助っ人でステージで弾いてもらうとかさぁ」

ジローちゃんがニコニコしながら言います。ジローちゃんは地の顔が笑顔ですよね。

「そんな恥ずかしいことできませんよ」

「でもさぁ」

トリちゃんですね。

「やっぱさぁ、遺伝ってあると思うぜ。おやっさんはバイオリンやベース、サチさんはピアノでしょう？　家庭環境って大事だよなぁって」

そういうトリちゃんも、実はお父様が昔はジャズ・ギタリストでしたよね。わたしたちは知りませんでしたけど、勘一さんとわたしが戦後に少しの間やっていたバンドのステージを一度観たことがあると仰《おつしや》っていました。

学校の同級生と一緒に我南人が作ったバンドの名は〈LOVE TIMER〉。

親しくなったのは高校に入ってからですが、それぞれに中学で一緒だったりしますし、実は小学校は皆同じなんですよね。

家庭の事情で離れてたりしましたけれど、話を聞くと初めて会ったときからずっと気が合っていたとか。小学校の頃から皆外で遊ぶこともしないで音楽の話をしていたって言ってました。

「そういえば、ボンちゃんはどうなの？　お家の方の問題は」

訊くと、ボンちゃんは恥ずかしそうに笑いました。ボンちゃんのご両親は今でも息子が音楽をやることには反対なのですよね。

「大丈夫です。いい加減馬鹿息子の相手はしてられないから、どうぞ好きにしてくださいって」

「もっと有名になってやればいいんだって。オレのおふくろなんか一回ステージ観たらきゃあきゃあ皆に言われていいわねって、コロッ、だぜ」

掌を引っ繰り返しながらトリちゃんが言います。

我南人たちがやっているような音楽は、古くはロックンロールとか最近ではニュー・ロックとか、とにかく新しい言葉で呼ばれています。これからもきっといろいろ変わるでしょう。そして、若者たちが夢中になるものです。

ビートルズの音楽が世界中に新しい波を起こしても、そして信じられないぐらいの熱狂を巻き起こせば起こすほど、それを認めないという声も大きくなります。若者たちの行動を無軌道と決めつけます。

わたしや勘一さんは、その新しいものをいち早くアメリカやイギリスから取り入れ、楽しんで理解を深めてきましたから、我南人が大学を辞めてまでミュージシャンとして生きることに反対はしませんでしたが。

「笑ってもらえたらいいんだよぉ」

我南人がコーヒーを飲みながら言いました。

「別に嫌ってもらうために音楽やってるんじゃないんだからぁ、いつか笑ってもらえるようにぃ、僕たちが楽しんで笑っていればいいんじゃないかなぁ」

馬鹿息子ですが、ときどきいいことは言います。でも。

「そういうあなたは女の子を泣かすのだけはいい加減にしてくださいね。何度も言いますけど」

「それは誤解だって母さん。泣かしてなんかいないんだよ本当に」

こういう話のときにも口調が普通になるのはどうしてなんでしょうね。やましいことがあるからのようにも思うのですが。

「いや、サチさん」

　ボンちゃんが言います。

「我南人はね、本当に女の子は泣かせていませんよ。泣かせていないんだけど、何ていうか、表現に困るんですけど、こいつは愛に溢《あふ》れ過ぎていて誰でも受け入れちゃうんですよね。それが誤解されるところなんですけど」

「それが泣かしているって言うんじゃないですか？」

　ボンちゃんはこの中ではいちばん頭が切れて冷静で、皆の意見のまとめ役ですけれど。

「あー、それはねサチさん」

　トリちゃんが頭をぼりぼり掻きながら言います。

「女性でしかもお母さんの前じゃあかなり言い難《にく》いんスけど、あのーあっちはね、そのーなんていうかお互いの自由意志と言うかー、納得済みと言うかー」

　何を言いたいかはわかります。確かに母親の前では言い難いでしょうね。わたしも息子の男女の云々《うんぬん》なんか考えたくはないですけど。

「とにかく、とりあえず我が家での愁嘆場《しゅうたんば》は今までないですから許してますけど、もしもそういうことがあったら、まぁ皆はしょうがないとして、それ以外の女友達の出入りは禁止しますからね」

　二十歳を過ぎた息子に女性のことでお説教なんかしたくはないですけれど、これぐらいは言っておかなきゃならないですよね。母親としてもですけど、バンドのマネージャーとしては特に。

皆が頷いたところで、ポン、と、手を打ちました。

「さ、お説教はここまで。今夜はどうするの？　皆、家に帰る？　それともここでご飯食べていく？」

「あーとねぇ」

我南人が皆を見回しました。

「今夜、〈ベストヒットマーチ〉があったよねぇ」

「あーそうだね」

ジローちゃんが頷きます。

「北《きた》ちゃん、出るよねぇ。皆でご飯食べながら観ていくぅ？」

「そうすっか」

トリちゃんが言って皆が頷きます。

北ちゃんが出るなら、きっと勘一さんも観るでしょう。

テレビには絶対出ないと言っている我南人たちも、テレビの音楽番組はよく観ています。それも、北ちゃんがその世界にいるからですよね。

お店の営業は午後六時まで。その時間になるまでには大学に行っているセリちゃんも香澄ちゃんも戻ってきますから、どちらか順番に、朝と同じように晩ご飯の支度を手伝ってくれます。暇があれば二人ともやってきます。

今日はセリちゃんも香澄ちゃんも二人で揃ってやってきて、お手伝いです。若者たちばかりですから、週に二回は肉を出すようにしています。今夜はトンカツにしました。キャベツを大量に切るのは料理上手なセリちゃんに任せて、おみおつけは豆腐に油揚げ、カボチャの煮物は作り方を香澄ちゃんに教えながら。

香澄ちゃんはちょっと不器用で、料理のことをほとんど知らなかったんです。でも、将来役立つと一生懸命覚えようとしています。

「香澄ちゃんの家にはおばあちゃんやおばさんがたくさん一緒に住んでいたから、料理はあまりしなかったんだよね」

セリちゃんが言います。

「あら、そうなの？」

「そうなのです。あの、曽祖父《そうそふ》の時代から大きな農家をやっていて、本当にたくさんの人が一緒に住んでいたのです」

九州は鹿児島の出身とは聞いていました。ものすごく丁寧な言葉遣いは、そうしなければ方言が出てしまって恥ずかしいからと前に言ってました。別に恥ずかしがることはないと思うのですけど、人それぞれですからね。

「じゃあ、大学で東京に出ての一人暮らしは淋《さび》しくなかった？」

「かなり淋しく思いましたが、ここに来るようになってからはとても楽しいです。嬉しいのです」

恥ずかしそうに、でもにこにこ微笑んで香澄ちゃんが言います。我南人を好きになってしまったのは、その辺にも理由があるんでしょうか。

「準備手伝いまーす」

二階から下りてきたジローちゃんが台所に入ってきました。

「あ、それではそちらのお箸など運んでいただけますか」

香澄ちゃんが言います。

「了解です。おっと」

「あ、ごめんなさい」

二人の腕がぶつかって箸立てをちょっと転がしたようですが、二人に任せます。

「ジローさん」

「はい、何ですか」

「以前からお尋ねしようと思っていたのですが、どうして〈LOVE TIMER〉の中でジローさんだけが坊主頭なのですか？」

香澄ちゃんがそう言うのを聞いて、あら、といった感じでセリちゃんが振り返ります。そうですね、髪の毛がやたらと長い我南人とトリちゃん、坊っちゃん刈りのボンちゃんの中で、ジローちゃんだけが何故《なぜ》か以前から坊主頭なのですよね。

「あー、それはですね」

ジローちゃん、ちょっと照れ臭そうに頭を撫《な》でて香澄ちゃんに言います。

「ほら、僕はベースでしょう」

「そうですね」

「バンドの中では目立たないポジションだしそもそも僕は顔も地味だし。なので少しでも目立とうと思ってね」

そんな理由だったのですね。でも確かにステージで一人だけ坊主頭は目立っていますよ。二人で箸や皿を運んでいったときに、セリちゃんが近寄ってきて小声で言います。

「香澄ちゃん、最近ジローさんのことを随分気にしてるんですよ！」

「あらそうなの？」

我南人のことをミカちゃんと張り合っているはずなんですが、それはまぁそれでいいことだと思います。

そう言われてみれば、ジローちゃん、うちに来て香澄ちゃんが台所にいるときにはよく手伝いに来てますね。

若者ですからね。楽しくやってくれればそれでいいですよ。

勘一さんに我南人、トリちゃんにジローちゃんにボンちゃん、セリちゃんに香澄ちゃんに拓郎くん。皆が揃ったところで「いただきます」です。

いつも賑やかに、それぞれが好き勝手にお喋りしながら食べる我が家の食卓ですが、やはり個性が出ますよね。香澄ちゃんはそもそも大人しい性格なので、自分から喋ることはあまりしません。セリちゃんは皆の様子を見ながら誰にでも話し掛けますし、拓郎くんは年上である〈LOVE TIMER〉の皆にあれこれ話し掛けます。

拓郎くん、実は兄が欲しかったって前に言っていました。自分が兄なので、少し甘えたいのがあったんじゃないかって自己分析してました。

居間の角に置いたテレビで、人気の歌番組の〈ベストヒットマーチ〉が始まりました。賑やかなテーマ音楽が流れ、皆が同時にそちらに顔を向けます。

司会の方を中心に、今日歌う歌手の人たちが集まって四方山《よもやま》話《ばなし》をするのがこの番組のオープニングですよね。

「前も思ったんですけど」

セリちゃんが言いました。

「〈LOVE TIMER〉の皆が揃ってここでこの番組を観たことありましたよね」

「そうだねぇ」

我南人も、皆も頷きます。

「どうしてなんですか？　なんか、皆さんが歌謡曲とかを好きっていうのはあんまりイメージじゃないって思うんですけど」

あぁ、って我南人がボンちゃんたちと顔を見合わせて笑いました。

「ほら、三条《さんじょう》みのる」

トリちゃんが画面を指差します。

三条みのる、こと、北ちゃんも映っていますね。

本当に相変わらず男にしておくにはもったいないぐらいきれいな顔をしています。身体の線も細く見えるので、どこか中性的な魅力を振りまいていて、それがきっとファンの女の子を魅了しているんですね。そんなに詳しいわけではないですけど、おそらく今、日本ではナンバーワンの男性アイドルでしょう。

セリちゃんも香澄ちゃんも拓郎くんも、男性アイドル三条みのるがどうかしたのか、という表情を見せます。

「三条みのるはね、実はもう一人の〈LOVE TIMER〉だったんだぜ」

ジローちゃんが言うと、三人がのけ反るほどびっくりしました。

「え！」

「何で!?」

「ですか!?　三条みのるが!?」

今までそんな話題が出なかったので、教えていませんでしたね。あんまりにも驚くものだから、思わずわたしたちは笑ってしまいました。

勘一さんがお茶を飲みながら、頷きました。

「あれだな、音楽的な才能ってぇ話をすりゃあ、この中では北ちゃんがいちばんだったよなぁ、あの頃は」

「本当、そう思います」

ボンちゃんが頷きました。

「今でも思ってますよ。アイドルの道なんか行かないで残ってくれてたらなぁって。まぁしょうがないんですけど」

「いや、どうして？　もう一人の〈LOVE TIMER〉って、どういうことですか？」

セリちゃん、本当に慌ててますね。ひょっとして三条みのるのファンだったのでしょうか。

「僕らの同級生なんだよぉ、アイドルの三条みのるはぁ」

「同級生！」

「本名は北稔《みのる》って言うんだぁ」

「そしてな」

ジローちゃんです。

「俺と我南人と三人で組んでグループで歌ってやっていたのさ。それが、まぁ原形って言うか、いちばん最初の〈LOVE TIMER〉だったんだぜ。あいつはピアノ担当だった」

「音楽室でねぇ、北ちゃんがピアノ弾いて、ジローが当時はギターで、僕が歌っていたねぇ」

「そうだったんですか！」

拓郎くんが納得したように頷きました。

「え、じゃあ、確か三条みのるって、街でスカウトされたって」

「そうだよぉ、高校生んときにねぇ。まぁその辺はいろいろあったけどぉ、今も北ちゃんは僕らの友達だよぉ」

仲が良かったですよね。うちにもよく遊びに来ていたのですが、在学中にデビューして、あっという間にものすごい人気のアイドルになってしまいました。

デビューしたての頃はまだ電話があったりもしたのですが、今はもうまったく連絡は来ないと我南人も言ってましたね。その姿はこうしてテレビでしか観ることがなくなって、本当に遠い世界の人みたいです。

「あ、俺この子好きだな」

ジローちゃんが画面を指差して言います。最初に歌ったのは、こちらもアイドルの冴《さ》季《き》キリという女の子ですね。

「アンニュイなんだよな。まだ高校生なのに」

「あーわかるね。どこかファムファタールみたいな感じ」

「そうですよね」

「わかるわかる。どこか陰のある表情がいいよね」

何故か男の子たちが一斉に喋り出しましたね。

「高校生なのか？　この子は」

勘一さんも気になるんですか。

「まだ高校二年か三年生のはずですよ」

セリちゃんが教えてあげると、勘一さんはへぇぇ、と感心します。

「全然知らんかったな。妙に色っぽいからてっきりもう二十五、六のお嬢さんかと思ってたぜ」

何か嬉しそうですね。この人も興味ないような顔をして、見ていないようでちゃんと他のアイドルたちも見ていたんですね。

そうですね。この子の歌う歌もまた、そういう雰囲気を生かして、狙って作られているような感じもします。

歌謡曲、と一口に言ってもそのバックボーンはいろいろです。

作曲家の方々はクラシックなどの素養がある方が多いので音楽的にもしっかりしているのですよ。聴く人が聴けばそういうのはわかるのですが、より大衆的に、誰の耳にも心地よい、そして印象深い音楽というふうに創り上げていくと、それが歌謡曲になっていくのですよね。

「こうして見ると、本当に世の中いろんな音楽のスタイルがありますよね」

拓郎くんが言います。番組ではビッグバンドが演奏をしてその前で歌手が歌っています。このビッグバンドはその気になれば本格的なジャズなんかも演奏できる人たちですよね。そして、我南人たちのようなバンドスタイルの歌手も出ています。

音楽は、世界中のどこでも楽しめる素敵な芸術ですよね。

外国の曲で歌詞がわからなくても、その曲だけで世界中の人を魅了することができるんですから。

三

夜中に霧雨が降っていたのですが、朝になってきれいに晴れ上がりました。

少しずつ色づいてきた庭の桜や梅の木の葉っぱがしっとりと濡《ぬ》れて朝陽に輝いて、庭の土の匂いが空気に混じります。この季節にしては陽差しが強いですね。

天気でお客様の出入りが変わるご商売をしている人はいろいろと気を揉《も》んだりするのでしょうけど、我が家の古本屋稼業は概《おおむ》ね関係ありません。確かに雨の日より晴れた方が外出する人は多いのかもしれませんけれど、そもそも古本屋に用事のある方は、雨でも晴れでも関係ないような気もします。

朝ご飯を済ませて〈曙荘〉の皆がいなくなり、お店を開けたときに、りん、とガラス戸の鈴を鳴らして祐円《ゆうえん》さんが入ってきました。

「あら、おはようございます」

「おはようさん」

「おう、おはようさん」

祐円さんは近くの神社の神主さん。勘一さんとは文字通り竹馬《ちくば》の友、幼馴染みです。神主さんの平素の衣装の白衣に袴《はかま》ではなく、ごく普段着の海老茶《えびちゃ》色のセーターにズボンという軽装ですね。坊主頭に丸顔ですので、神主さんじゃなくてお坊さんみたいだとよく言われています。

「何だ朝っぱらから。暇なのか」

「暇じゃないよ」

「暇じゃなかったら浮気がバレて追い出されたか」

「止《や》めろそうやって神主の俺を浮気者にするのは」

祐円さんが帳場の前の丸椅子に腰を掛けます。もう二十年以上この二人のやりとりを聞いていますけど、いつもこうですよね。

「祐円さん、お茶にしますか？」

「あぁすいませんねサチさん。じゃあお言葉に甘えて」

「はいはい」

静かな家の中は、台所にいても二人の会話が聞こえてきます。

「ほら、こないだ赤月《あかつき》さんがよ、また入院したじゃねぇか」

「おう、そうだな」

向かいの小間物屋〈赤月〉のご主人の話ですね。その昔は和装小物を仕立てたりしていたのですが、今は販売だけになっています。

「それがな、いよいよ閉めることになりそうだってよ」

「そうなのか？　何にも聞いてねぇがな」

「閉めてしまうんですか？　お店を」

急須と湯呑みをお盆に載せて、戻ります。

「そうなんだってさ。いや俺も昨日、親父が赤月さんの兄さんから相談を受けたって話聞いてよ。跡継ぎもいないし先はないって話でさ」

むぅ、と、勘一さんが顔を顰めます。

「確かにな、もう何年も前から赤月さん、そんな話をしてたがなぁ」

そうでした。勘一さんより十ほども上の赤月さん。五年ほど前に腎臓を患ってからは入退院を繰り返していました。

「それでな、近々町会で話を出したいそうなんだけど、店を取り壊してアパートにしたいんだとか」

「アパートかぁ」

「アパートですか」

この辺りは昔から人も家も変わらないところで、下町風情のままの場所です。それでもやはり時の流れには逆らえずに、突然駐車場になったり空き地になったりするところも最近は増えてますよね。

「あそこは敷地が広いし、店は閉めても食っていかなきゃならないからな」

「そうさなぁ。するってぇと、その工事とかでも騒がしくなるって話を町会でか」

「そうそう。赤月さん、退院したらすぐにでも勘一んところと常《つね》ちゃんところに行きたいけど、いつになるかって気を揉んでるらしくてよ」

ここは道が狭いですから大きな車は入ってこられません。建て替えとなるとしばらく資材などが道を塞いだりすることもありますからね。いちばん影響を受けるのはうちと、お向かいの畳屋の常本《つねもと》さんでしょう。

「じゃああれか」

勘一さんがわたしを見ました。

「いつものこったから見舞いはいらねぇって言われたけど、こっちから病院に出向いて水を向けた方がいいってことかな」

「そうですね。その方が赤月さんも気が楽になるのなら」

祐円さんも頷きました。

「お互いにガキの頃は赤月さんに遊んでもらったろ。ちょっと気を利かせてやった方がいいと思ってな」

「わかった」

ぽん、と、勘一さん腿を打ちます。

「善は急げってな。病人に気を揉ませるのも悪いからよ。サチ、一息ついたら午前中に一旦閉めて病院行ってこようぜ」

そうした方がいいでしょうね。

何せ二人しかいないお店です。何か家を空ける用事ができれば閉めなければなりません。特に我南人が小さい頃は、学校の行事や風邪を引いて病院に行くときなどいろいろありましたからね。

なので、我が家には店の戸に掛けておく木の札がたくさんあります。〈午後から開店〉とか〈一時間ほど所用で外出〉とかですね。

*

夕方のお買い物は晩ご飯と明日の朝の献立を考えながら、近所の商店街を歩いて回ります。勘一さんと二人だけならばそんなに悩まなくても済むのですけど、若者が我南人を入れて四人もいると、それなりに決めるのに苦労はしますね。たくさん美味しいものを食べさせてあげたいですけれど、一応は頂いているご飯代の中で賄わなければなりません。それでも、わりとどんぶり勘定になってしまうこともあるのですけど。

「お帰りなさい」

「あら、来ていたの」

買い物を済ませて戻ると、お店には拓郎くんがいました。セリちゃんと香澄ちゃんも居間で待っていたようです。

〈曙荘〉の皆のお世話はしているものの、特に決まったスケジュールがあるわけじゃありません。朝ご飯と晩ご飯の時間は決めていますけど、その他の時間はもちろん自由です。でも、拓郎くんセリちゃんは時間があると我が家にやってきて、古本の整理や値付けなどを手伝ってくれます。

香澄ちゃんはそんなに古本には興味がないらしいのですが、やはり二人が来てると顔をよく出しますし、何よりも我南人がいますからね。大人しい香澄ちゃんなんですが、恋に関してはなかなかどうして積極的です。

でも、ジローちゃんも気になってるのですよね。その辺は、まぁ口出しはしないようにします。

「今日は我南人さんは？」

晩ご飯の支度をしていると香澄ちゃんが訊いてきました。

「今夜はね、コンサート」

「あれ？　サチさん行ってなくていいんですか？」

セリちゃんも訊いてきます。

「いいのよ。近くのライブハウスだし、四つのバンドが順番に出る、時間も短いものだから」

わたしが〈LOVE TIMER〉のマネージャーだと言っても、常に一緒に行動するようなものじゃありません。

〈LOVE TIMER〉の連絡先を我が家にしていますから、出演依頼やスケジュール確認、ツアーをやるなら計画を立てたり、レコード会社からの連絡とか折衝のときとか、要するに事務のおばさんに毛が生えたようなものです。

どこかの事務所に所属すればそういうことも簡単なんでしょうけど、何故か我南人たちはそれをよしとしません。あくまでも、自分たちはなにものからも自由でいたいとのことなんです。

今夜は、わたしと勘一さん、セリちゃんと拓郎くんと香澄ちゃん、五人での晩ご飯です。

「アパートですか。それは良いって言ったらまだ失礼かもしれないけど、良いですね」

勘一さんが赤月さんの話をすると、拓郎くんが言いました。

「何で良いんだ？」

「だって、〈曙荘〉を出ても今度は〈東京バンドワゴン〉の正面に住めるかもしれないってことでしょう」

そういうことですか。思わず勘一さん苦笑いします。

「この辺にゃあ他にもアパートはあるし、なんだったら我が家にも空いてる部屋はあらあな」

「え、こちらに住めるんですか？」

セリちゃんが勘一さんに訊きました。

「まだ、たとえばの話だ。お前さん方が将来どうするか、何をするか、それぞれの道を決めて、無事に大学を卒業してからの話ってな」

そうですね、その辺の話はまたいずれですね。

自分のことも含めて、我南人たちのような若者をずっと見てきましたから、その人の将来がどうなるかなんてまったくわかりません。ここに居てもいいんだ、なんて話を今からしてしまっては、未来ある拓郎くんたちの将来を狭めてしまうことにもなり兼ねませんからね。

その昔から人の出入りが多かった堀田家です。この家を建てたのは勘一さんのお祖父《じい》さんである堀田達吉《たつきち》さんですが、三度の飯よりお風呂が好きだったらしくて、お風呂はとても広くて男二人がのんびりと湯船に浸《つ》かれるほどなんです。

ですから、〈曙荘〉の皆の食事をうちで作ることになったときに、なんだったらお風呂もうちで入ればいいということになったのです。〈曙荘〉にはお風呂がありませんから皆は近所の銭湯へ行っていたんですよね。

もちろん我が家の皆も入るのですから銭湯代はいりません。その代わりに石鹸やシャンプー、タオルに洗面器は各自で持ち込みです。拓郎くんなどはお風呂の掃除も引き受けてくれました。いいんだって言っても聞きませんから、本当に律義な子ですよ。

先に男性陣、勘一さんと拓郎くんが入り、その後にセリちゃん、香澄ちゃんが入って、いいお湯だったと皆でお茶で一服しながら、そろそろ〈曙荘〉へ戻ろうかと話し、わたしもお風呂をいただこうかと思っていたときです。

ガラッ、と玄関が勢いよく開く音がしました。

「母さぁーん」

我南人の声が大きく響いてきて、思わず勘一さんと顔を見合わせてしまいました。

あの子が玄関からわたしを呼ぶなんて、何年ぶりのことでしょう。しかも、いつもと調子が少し違います。何があったのかと立ち上がり慌てて玄関に向かいます。皆も何事かと後からついてきます。

「あら？」

「あん？」

後ろにいた勘一さんと同時に声を上げてしまいました。

我南人が女の子を背負っています。

我南人の肩口から顔を覗《のぞ》かせた女の子は、緊張しているのかあるいはどこか痛めているのか、まるで警戒している猫のように硬い表情のまま、こっくりと頭を下げました。

後ろには〈LOVE TIMER〉の皆もいますね。

「おめぇ」

勘一さんが声を出すと、我南人が少し首を横に動かします。

「親父ぃ、この子ねぇ足を挫《くじ》いちゃったみたいなんだぁ。病院に連れてった方がいいかどうか診てもらえるかなぁ」

「足ぃ？」

「それと母さんさぁ」

「はい」

「見ての通り、この子、服とか汚れて破れちゃったりしてるんだぁ。何か見繕ってくれるかなぁ」

頷いて、とにかく家に上がれ、と勘一さんが言います。

馬鹿息子でも女の子に乱暴するような子ではないですから、状況はある程度は察しました。交通事故ならばすぐに病院に行くはずですから、きっとこの女の子は何か揉め事か喧嘩にでも巻き込まれたんでしょう。コンサートの帰りに我南人たちがそれを見つけて助けたのかもしれません。

居間まで我南人がそのまま背負って、ゆっくりと下ろします。女の子は右足を着くときに少し顔を顰めました。

「よし、お嬢さんな、ゆっくり座れ。おいサチ、支えてやってくれ」

「はい」

我南人が屈《かが》みこんで、わたしが女の子を後ろから抱えます。女の子は少し緊張がほぐれましたか。申し訳なさそうな顔をして、ゆっくりと腰を下ろしました。

「右足だな？　ちょいと靴下脱がすぜ」

勘一さんが、ゆっくりと靴下を脱がせます。

「まぁ」

可哀相《かわいそう》に、細く白い足首が少し腫れているようにも見えます。勘一さんがそっと触っていきます。

「ここは痛むかい」

「いえ」

「靭帯《じんたい》は切ってねぇな。ここは、どうだ」

「痛い、です」

「ちょいと足首をゆっくり回すからな。関節や骨が痛いって感じたらすぐに言ってくれよ」

ゆっくりと勘一さんが女の子の足首を摑んで回しました。

「痛くねぇか？」

「全体にズキズキはしてますけど、回しても骨は痛くはないです」

勘一さんが頷きます。

「関節もしっかりしてる。どうやら骨には異常はねぇみたいだな。軽い捻挫《ねんざ》ってところだろう。まずはちょいと冷やすぜ。おい、サチ、氷のう作ってくれ。厚手のビニールに氷と水だ。あとは包帯で圧迫と固定だな」

「あ、わたくしがやります」

香澄ちゃんが台所に走ってくれました。どこに何があるかわかっているから大丈夫ですね。

「親父さん、俺見てたんスけど、この子トンボ切ってね、着地で何かにつまずいたみたいで」

ジローちゃんが言って勘一さんが頷きます。

「そういうことか。その他に転んで打ったりしたところはねぇか？　おい、血がついてるじゃねぇか」

本当です。右腕の裏側辺りの服が切られたようになっていて、血が滲《にじ》んでいます。

「あ、擦《かす》っただけです。大丈夫」

勘一さんがそっと切れた服の間から見ました。

「確かに、ちょいと擦って切れただけだな。しかしおい我南人、こりゃあナイフかなんかの刃物傷だろう」

ナイフですか!?　我南人が、ゆっくり頷きます。思わず顔を顰めてしまいました。

「女の子の身体に傷をつけるなんてひどいことを」

「まったくだ。だが何でそんなことになったのかは後回しだ。おいセリちゃんよ」

「はい！」

「悪いけどな、この子の着られる服を貸してやってくれねぇか。全部泥だらけだ」

「了解です！」

セリちゃんが急いで〈曙荘〉に戻っていきます。背格好からすると、確かに香澄ちゃんよりセリちゃんの服の方がぴったりかもしれません。わたしの若い頃の服もないことはないのですが、さすがに可哀相でしょう。

「それでサチよ、着替えるときに身体を見てやってくれ。派手に転んだのならどっかも打ってるだろう」

「わかりました」


居間の隣の仏間の襖《ふすま》を閉めて、そこでセリちゃんの服を借りて、着替えさせます。右足が使えないので、低めの丸椅子を持ってきました。たぶん同年代のセリちゃんと香澄ちゃんに任すより、おばさんのわたしの方が気を遣わなくていいと思って、着替えを手伝います。

「どこか足の他に痛いところは？」

「あ、お尻は打ったけど、大丈夫です」

この子、さっき後ろから抱えたときにも思いましたけど、細っこいのですけどしなやかそうな身体をしています。トンボ切っていたってことですから、生まれつき身が軽いのでしょうね。

セリちゃん、いいんですけど夜は寒いからってあの極彩色の手編みのセーターを持ってきました。女の子もその余りの派手さにちょっと眼を丸くしてましたけど、文句は言わないで袖を通します。

でも、とっても似合っていますね。

おかっぱ風ですけど少し洒落《しゃれ》た感じの髪形で、栗色の毛です。形良い瞳はどこか色味を帯びているように見えます。可愛らしい猫のような女の子。それも西洋風の猫の雰囲気ですから、ひょっとしたらご親族に外国の方がいらっしゃるかもしれません。

「あの」

女の子が小さな声で言います。

「はい、なぁに？」

「本当に、ありがとうございます。私、まだ名前も」

「いいのよ。後からうちの旦那様が改めて訊くから、二度手間になるでしょう」

ちょっと眼を丸くしました。ベージュのパンタロンを穿《は》いていたんですけど、セリちゃんが持ってきたのは紺色のプリーツスカートです。スカートの方が足首を通さなくて済むから楽だと思ったんでしょう。

「似合うわぁ。足も長くて腰高でスタイルがいいからね。羨《うらや》ましいわぁ」

「そんな」

「あら、本当よ。あ」

ちょっと手に触れたら、指先が冷たいです。思わず握りしめました。

「手がこんなに冷たい。我南人ったら気が利かないで手袋も貸さなかったのね」

両手を握りしめて温めてあげます。

「後で、足に障らないようだったらお風呂入りましょうか。わたしもまだ入っていないの。うちのお風呂は広いから、嫌じゃなかったら一緒に入りましょうね」

また、少し驚いたように形の良い瞳を大きくしました。わたしを見つめたその瞳から、急に、ぽろりと涙がひとつふたつ、流れていきます。

「あ、」

慌てたように握ったわたしの手からそっと片方の手を抜いて、拭きます。エプロンのポケットに入れてあるハンカチを出して、貸してあげました。

「いいのよ。気にしないで」

何でしょう。何かがこの子の心の柔らかくて弱いところに触れたのでしょうか。

「どうして」

「うん？」

「何も訊かないで、そんなに優しくできるんですか」

そうですか。

急に涙を零《こぼ》してどうしたのかと思えば、こんなあたりまえのことを、そういうふうに感じてしまう子なんですね。

何て言おうか少しだけ迷ってしまいましたけど。

「可愛いからよ」

「可愛い？」

それは、本当です。

「若い女の子はね、皆可愛いの。わたしは可愛い子が大好き。それだけで、優しくできる理由になるでしょう？」

女の子は唇を引き締めました。涙を堪えるように眼を細めます。少し眉間に皺《しわ》が寄ります。

この子は、何か苦しみや悲しみをその小さな胸の内に抱えているんでしょうか。

何があったかは知りませんが、今日の怪我をしたような出来事だけがこの涙の理由ではないように思います。

立ち上がって、そっと頭を撫で、肩に手をやり身体を寄せます。再び手を握り、言いました。

「いいのよ。気にしないで。ただのお節介で、世話好きなおばさんってだけなんだから。こんな古くさい騒がしい家で良かったら、ゆっくりしていきなさい」

女の子が声を上げて泣き始めました。もう少し、落ち着くまでこっちにいましょうか。少し息を吐きました。

何だか、昔のことを、わたしのことを思い出してしまいました。

勘一さんの見立てでは、捻挫は明日になっても腫れが引かないようであれば病院に行った方がいいようですが、とりあえずは問題ないだろうってことでした。切り傷ももう血は止まっていましたので、消毒して軽く包帯を巻いておきましたけど、すぐに取っても大丈夫でしょう。

居間では皆が待っていました。

「さて、落ち着いたかい」

勘一さんが、女の子ににっこりと微笑んでから、言います。足を伸ばさなきゃならないので、座椅子が用意してありました。これは納戸に置いてあったものですから、気を利かせて我南人が持ってきましたか。

「堀田勘一ってんだ。あんたを背負ってきた男の親父だ。それから女房のサチだ」

女の子は、こくん、と頷いて、背筋を伸ばしてそれから頭を下げました。

「こんな姿勢ですみません。助けてもらって、親切にしてもらって、ありがとうございます」

そう言ってから、顔を上げました。

「鈴木《すずき》秋実と言います」

「あきみちゃん、か。いい名前だ。どんな字を書くんだい」

「季節の秋に、果実の実だねぇ」

何故か我南人が言います。

「おめぇに訊いてねぇよ。それに知ってたんならさっさと教えとけよ二度手間だ。で、秋実ちゃんな」

「はい」

「何歳だい。学年でもいいや」

秋実ちゃん、ちょっと迷うような顔をしました。

「十八です。高校三年生です」

勘一さんが頷きひょいと手を上げて、電話台の上から座卓まで線を延ばして持ってきておいた電話を示しました。

「もう十時を回ってる。高校生が、若い女の子が出歩くにはちょいと遅い時間だ。何があったのかはこれから聞くけどよ、その前に家に電話しな。お父さんお母さんが心配してるといけねぇ」

「親父ぃ」

我南人がポンポンと勘一さんの肩を叩きます。

「何だよお前は」

「お父さんお母さんいないんだぁ。秋実ちゃん、孤児なんだって。家は埼玉にある施設なんだってさぁ」

埼玉ですか。そんなに遠くはないとはいえ、隣の県ですよね。勘一さんも少し頭を捻りました。

「そいつぁ考えなしに言っちまって悪かったな。だが、そういう事情なら尚更《なおさら》だ。施設には秋実ちゃんを待ってる人もいるんだろう？　そこでは何て言うのかわからねぇが、外に泊まるって言って出てきたのかい？」

秋実ちゃん、唇を一度引き結んで、首を横に振りました。

「言ってきてません。黙って、出てきたんです」

小さな声ですけど、はっきりと勘一さんを見ながら言いました。何か余程の事情があると見えますね。

「そうか」

勘一さん、うむ、と頷きます。

「おい、拓郎にセリちゃん、香澄ちゃんよ」

はい、と、じっと聞いていた三人が勘一さんを見ます。

「ありがとな。いろいろ手伝ってもらってなんだが、どうやらちょいと深い事情があるようだからよ。席を外してもらった方がいいかもしれねぇな」

そうですね。こんなに人がいては話しづらいかもしれません。

「後でまた若い女の子の手が必要になったらお願いするかもしれねぇけどよ。頼むわ」

うん、と、セリちゃんが頷きます。

「わかりました。そうします。拓郎、香澄ちゃん行こう。明日も一時限目から講義あるんだから」

「そうですね」

二人も頷いて立ち上がります。セリちゃんが、ひょいと秋実ちゃんの前にしゃがみ込みました。

「私は、石倉《いしくら》セリ、それから、田中《たなか》拓郎と黒岩《くろいわ》香澄。ここのひとつ隣の下宿に住んでる大学生なの」

「あ、はい」

頷いた秋実ちゃんに、セリちゃん、にっこり微笑みます。

「何か私たちにできることがあるなら、遠慮なくこの勘一さんに頼んでね」

「ありがとうございます」

秋実ちゃん、ちゃんとお礼が言える子ですね。

セリちゃんたちが玄関に向かおうとしたときです。何故か玄関が開く音が聞こえました。あらっと思いましたが、ボンちゃんが居間に入ってきました。外に出ていたんですか。

「帰るところ?」

「そうです」

ボンちゃんが少し険しい顔をしていますね。

「ちょっと待った方がいい。我南人、やっぱり変な連中がいるかもしれない」

「そうなのぉ?」

「変な連中って、何だ」

勘一さんが訊きました。ボンちゃん頷きます。

「いや、さっきチンピラみたいな連中とちょっとやりあったんですよ。けっこう手強《てごわ》かったんでいい加減に切り上げて、奴らが追ってこないかどうか確認はしながら帰ってきたんですけど、念のために外を見に行ってきたんです」

「念のため?」

「ほら、僕やジローやトリのことは知らなくても、我南人の顔を知っているかもしれないじゃないですか」

そうでした。勘一さんも頷きます。

テレビには出ない我南人たちですが、レコードも出してコンサートやステージはこなしていますし、音楽雑誌の取材も受けてボーカルでありフロントマンである我南人の顔は出ています。

「でも、尾《つ》けられてなんかいなかったぜ。我南人の顔は知ってたって、家までは知らないだろう」

トリちゃんが言います。

「だから、念のためさ。我南人は取材で古本屋の息子だってことは言ってるし、音楽関係者には〈東京バンドワゴン〉って店の名前だって知ってる連中もいる」

勘一さんが、ポン、と座卓を叩きました。

「その変な連中が外にいるってことは、おめぇたちと一戦やらかしたのはそういうことを知ってるかもしれねぇチンピラだってぇことか」

「そういうことです」

ボンちゃん、頷きます。

「何か、喧嘩しているとき変な感じはあったんですよね。普通のチンピラたちとは違うような。僕たちのことを知ってるような」

「そうなのか？」

全然気づかなかった、と、トリちゃんもジローちゃんも言います。

さすがはいつも冷静なボンちゃんです。そしてやっぱりチンピラみたいな男たちと喧嘩してきたんですね。

勘一さんが顔を顰めます。けれども、どこか不敵な笑みにも見えます。これはまたぞろ悪い虫が動き出しましたね。四十を過ぎた近頃はめっきり大人しくなったとは言っても、若い頃は火事と喧嘩は江戸の花とか言い、口より先に手が出るので有名でした。柔道が得意で〈背負いの勘一〉なんていうあだ名もありました。

「そいつらが本当にここが我南人の家だって知っていてもよ。俺の顔までは知らねぇだろうよ」

ゆっくりと勘一さんが立ち上がります。

「おい、拓郎」

「はい」

「庭の裏木戸から出てよ、ぐるっと回って〈曙荘〉の裏口から入りゃあ前の通りからは見えねぇから大丈夫だ。そうしな」

「了解です」

いけませんね、勘一さん、指の関節を鳴らしました。顔が嬉しそうに歪《ゆが》んでいますよ。

「何をするつもりですか」

「心配いらねぇ。ちょいと夜の散歩に出てくるだけよ。トリとジローとボンも裏木戸からぐるっと回って帰れ。おめぇらもここにいるって顔を見られちゃあ拙《まず》いだろ」

言うが早いか、あっという間に大股で出ていってしまいます。

「大丈夫だよぉ母さん。親父ならチンピラの五人や六人相手にしたって軽いもんだよ」

「心配してるのはお父さんじゃなく向こうの方ですよ」

大怪我でもさせて警察沙汰になっても困ります。

「あ、じゃあ、僕の部屋の窓から表が見えますから！」

拓郎くんが飛び出していって、セリちゃん香澄ちゃんも頷いて、裏木戸から出て行きました。

「俺たちも陰から見て、ヤバかったら加勢します！　我南人はここにいろよ！」

ジローちゃん、トリちゃん、ボンちゃんも飛び出していきました。楽器は置きっ放しですが、いいですね。いつものことですから、また明日にでも取りに来るでしょう。

我南人が、秋実ちゃんの近くに座り込みました。

「心配しなくてもいいよぉ。親父はねぇ、俺たちが束になっても敵わないぐらい喧嘩は強いからぁ」

「自慢できるようなことじゃないですよ」

確かに何も心配はしていないんです。結婚して二十年以上、その間にあの人がろくでもないことをしでかす連中と喧嘩して、大立ち回りするのを何十回も見てきました。そういう喧嘩で、勘一さんが負けたり怪我したりしたことは、ただの一度もありません。手を出せずに引っ込んだのは相手が拳銃を持っていたあのときだけです。言うと図に乗るでしょうから一度も言ったことはありませんけど、刃物を持った相手でも大人数でも、その大きな身体をひらりと動かし一発で叩きのめす様は本当に格好良いのです。

でも、まずは秋実ちゃんですね。

「秋実ちゃん。事情はともかく、電話だけはすぐにしてちょうだい。そして、わたしに代わって」

「サチ、さんに、ですか」

「そうよ」

頷きます。

「もうこんな時間ですからね。埼玉まで帰るにしてもその足じゃあちょっと不自由だし、若い女の子一人じゃあ遅過ぎます。今夜はこちらに泊まるのがいいんじゃないでしょうかってお願いするわ」

「ここに？」

「泊まりましょう。それがいちばんいいと思う」

言うと、秋実ちゃん、しばらく考えてから頷きました。受話器を取って、ダイヤルを回します。

回し終わると、すぐに微《かす》かに受話器から音が漏れました。

「あ、秋実、です」

何か大きな声で言ってるんでしょう。秋実ちゃんの名前を呼んだのかもしれません。さぞや心配していたことでしょう。

「大丈夫。あのね、ママ先生、話を聞いてよ」

ママ先生、というのはおそらく施設で働いている方のことでしょう。代表者の方でしょうね。

「わかってる。だから、お願い。話聞いて。うん、今ね、今日知り合った人の家にいるの。そう、大丈夫。ちゃんとしたお家」

少し口調がぞんざいになりました。でも、高校生ならそうですよね。自分の身内にはこうなるでしょう。

「そう。東京。そしてね、古本屋さんなんだ。そう古本屋さん。〈東京バンドワゴン〉っていう名前の、すっごい立派な蔵のある古本屋さん。そう。大丈夫。ちょっと足を挫いちゃったんだけど、それも診てもらった。そう、旦那さんがお医者様みたいな感じ」

正確には昔医学生だったというだけで素人見立てなんですが、そこは訊かれたら訂正しておきましょうか。

「それで、あの、お家の人が話をしたいって。今、代わるから。お願い」

秋実ちゃんが受話器を耳から離して、わたしに渡しました。

「もしもし、お電話代わりました。恐れ入ります。わたくし、東京で古書店〈東京バンドワゴン〉を営んでおります、堀田サチと申します」

〈申し訳ありません！〉

女性の声でした。

〈こちら、埼玉にあります養護施設の〈つつじの丘ハウス〉です。私は施設長をやっています若木《わかき》ひとえと申します〉

「若木さんですね」

〈はい！　うちの秋実が何かご迷惑をお掛けしているのではないでしょうか。でしたらすぐにでもお伺いいたしまして、引き取りとお詫《わ》びをさせていただきたいのですが〉

「いいえぇ、実はですね若木さん」

〈はい〉

「秋実ちゃん、足を挫いてしまいまして」

（そう言ってましたね）

「そうなんです。幸い骨には異常はないようですから、二、三日で普通に歩けるようになるとは思いますが、今はまだ立てもしない状況なんですよ。それでですね、どうして怪我したとかのその辺の事情もまだわたくし共も確認してはいないんですが、あの」

こういうときには馬鹿息子が役立つかもしれません。声からすると若木さんはわたしと同じような年齢ではないでしょうか。

「若木さん、唐突ですみませんが、〈LOVE TIMER〉というロックバンドをご存じでしょうか？」

（〈LOVE TIMER〉ですか？　ええ、うちにもＬＰを持っている子はいまして、私もよく聴いていますけど）

「では、ボーカルの我南人もご存じですね」

（もちろんです。実は以前、その子にコンサートに行きたいと言われ、連れて行ったこともありますが）

話が早くなりそうです。

「実は、秋実さんが怪我をした現場に居合わせてお助けしたのは、うちの息子のその我南人でございまして」

（ええっ!?）

「ちょっと、お待ちください。今その我南人に代わりますので」

　受話器を耳から離して我南人に向けます。

「我南人、挨拶だけしてちょうだい」

　受話器を渡しました。

「どうもぉー〈LOVE TIMER〉の我南人ですぅ。堀田我南人っていうんですよぉ、本物ですよぉ、間違いないです。はい、そうなんですよぉ、それで、ここは僕の家でしてねぇ。何も心配いらないですから。あ、母に代わりますねぇ」

「そういうわけなのです。ごめんなさい、身元をはっきりさせるのに手っ取り早くしようと思ってしまって息子をだしにしまして」

（いいえ！　では、あの、サチさんは、堀田我南人さんのお母様）

「そうなのです。ご心配かと存じますが、秋実ちゃん、足以外は大丈夫です。それで、今日はもうこの時間ですし、我が家で秋実ちゃんをお預かりして、明日そちらまでお連れしようと思うのですがいかがでしょうか。学校の方は遅刻か、あるいは足の具合によっては欠席になってしまうかもしれませんが」

　一瞬、若木さん考えました。

（はい、本来ならばすぐにそちらに伺うのが筋でしょうけど、では、本当に申し訳ありませんがお言葉に甘えさせていただけますか。ですが、明日もご迷惑を掛けるわけには

いきませんので、朝一番でこちらからそちらに秋実を迎えに参ります）

「さようですか。では、こちらの住所と電話番号をお教えしますので」

メモを用意してもらって、我が家の住所と電話番号を控えてもらいました。一応念のために施設の住所と電話番号も確認します。

もしも、まだ若い娘さんを預けるのに不安があるようであれば、と、近所の交番の名称と電話番号もお教えしました。あそこのお巡《まわ》りさんも我が家のことはよく知っていますから。

「あ、それとですね。秋実ちゃん、足を挫いたときに転んでしまったのでお洋服がかなり汚れているんです。こちらで洗っておきますが、明日は着替えを持ってきていただいた方がいいかもしれません」

（わかりました。何から何までありがとうございます。本当に、本当に申し訳ありませんが、よろしくお願いいたします！）

「ご安心ください。明日までしっかりと責任持ってお預かりいたしますので。あの、もう一度秋実ちゃんに代わりますね。それで切っていただいて構いませんので」

受話器を渡します。

「もしもし。うん、ごめんなさい。大丈夫。とても、その、親切にしてもらっているから。うん。わかってる。はい、おやすみなさい」

かちゃん、と、受話器を置きました。ふぅ、と、小さく息を吐きました。何かを言いかけたのですが、そのときに玄関が開いて、勘一さんが帰ってきたようです。

渋い顔をして現れて、そのまま上座にどっかと座ります。拓郎くんたちも、〈LOVE TIMER〉の皆も戻ってきませんから、そのまま帰ったようですね。

「逃げられちまった」

「いたのですか？」

「いたな」

うん、と、頷きお茶を一口飲みます。

「三人ばかりいたんだが、俺が町内見回りのふりをして声を掛けたらよ、突っかかって来やがってな。一人若いのをぶん投げた途端に、ほら交番のお巡りの萱野《かんの》がたまたま自転車で通り掛かってよ。他の連中が逃げ出しやがって、ぶん投げたそいつも逃げちまった」

「チンピラだったろうぉ？」

勘一さん、頷きます。

「カタギの人間じゃあねぇな。まぁお巡りに姿を見られたから、あの様子ならもう今夜は来ねぇだろうよ」

「萱野さんにはなんと？」

「適当にごまかしておいたから心配いらねぇ」

勘一さん、秋実ちゃんを見ます。

「足は冷やしたか？　そろそろ外してみろ」

足首を診ました。

「あぁ、多少は腫れが引いたな。少し痛みも引いたんじゃねぇか？」

「あ、はい」

勘一さんがそっと足首を触ります。

「この分なら一晩このまま足高くして冷やして、後は動かないように包帯かなんかで軽く固定し続けときゃあ大丈夫だろうな」

「お風呂は入れますか？」

「風呂か？　まぁ本当なら今日一日は控えた方がいいが、寒いしな。寝る前に、さっと身体温めるぐらいはいいだろう。足首は湯船に浸からないようにな」

難しいですけどわたしが一緒に入れば大丈夫でしょう。

「さて、と」

勘一さんがわたしを見ました。

「電話はさせたかい」

「はい。埼玉にある養護施設の、〈つつじの丘ハウス〉というところが秋実ちゃんのおそうです。若木ひとえさんという方が代表者の方で、明日の朝一番で迎えに来てくださる家です」

そうか、と、頷きます。

「じゃあ、秋実ちゃんよ」

「はい」

「何にも訊かねぇで、大きな怪我がなくて良かった明日はちゃんと帰ってもう心配掛けるんじゃないよ、で、終わってもいいんだがよ。どうもこりゃあ、そういう話じゃないようじゃねぇか」

秋実ちゃんが少し下を向きました。

「チンピラどもは明らかに我南人の顔を知ってて、しかも家がここだってことも知ってたようだな。まぁ尾行されてなかったって前提で話すんだが、尾行されてたにしても、ただちょっかい掛けた娘が逃げたからってチンピラどもがわざわざ見つからないように尾行するなんてぇのも、妙な話だ」

その通りですね。

勘一さん、喧嘩っ早くてお節介ですが、筋の通らないことはしませんし、理屈の通らないことも言いません。

「何か、相当な事情がねぇとそんなことにはならねぇ。どうだい、秋実ちゃん」

勘一さんが、にこりと優しく笑います。

「無理にとは言わねぇが、息子の我南人があんたを助けたってのも、ここに連れてきたのも縁ってもんだろう。このおじさんに理由を話してみねぇか。俺にできることなら何でも力になるぜ」

秋実ちゃん、じっとして聞いていましたが、我南人を見てから、わたしに眼を移しました。

「大丈夫よ。施設の人に内緒にしてほしいのなら、誰にも言わない。この我南人も、うちの旦那様も、理不尽なことなんか絶対にしない。あなたの良いように考えるから。もちろん、わたしもね」

秋実ちゃん、こくり、と、頷きました。その途端に電話のベルが鳴って、皆がちょっとびっくりしました。一番先にわたしが手を伸ばしたので、そのまま受話器を取ります。

「はい、堀田でございます」

(あの、堀田さんですか?)

若い女の子の声ですね。聞き覚えがなく、しかも何かひそひそ声です。

「はい、さようでございますが」

(すみません、あの、私、杵築《きつき》智子っていいます。あの、鈴木秋実と同じ〈つつじの丘ハウス〉で一緒に住んでいて)

「あぁ、はいはい」

秋実ちゃんと一緒に暮らしている仲良しの女の子なのですね。きっと若木さんに事情を聞いて心配して電話を掛けてきたんでしょう。ひそひそ声なのはひょっとしたら内緒で電話しているのかもしれません。

「ちょっとお待ちくださいね。今、秋実ちゃんと代わります」

秋実ちゃんが、え？　という表情を見せます。

「同じ施設の杵築智子ちゃんよ」

「トモちゃん？」

慌てて秋実ちゃんが受話器を取ります。

「もしもし！　うん、どうしたの？　電話していいの？　うん」

やっぱり同じ世代の女の子と話すときには声の調子が変わりますね。勘一さんも微笑んでいます。

電話が終わるまでは、何も聞こえないふりをしてあげましょう。

四

若い女の子だから、日本茶よりはいいかと思って紅茶を淹れてあげました。

「ちょうど良かった。〈昭爾屋《しようじや》〉さんからいただいた新作のお菓子があったの。数が少ないから皆には出さなかったんだけど」

「お、そうか。そりゃいいや」

求肥《ぎゆうひ》を使った和菓子ですけど、紅茶に合わないこともないですよね。勘一さんも我南人もお酒が好きですが、甘いものも結構好きなんです。

「どうぞ、良かったら食べてね。あ、そういえば！」

うっかりしていました。

「秋実ちゃん、お腹は空いてないの？　晩ご飯食べた？」

はい、って頷きます。

「大丈夫です」

「〈昭爾屋〉てぇ言えばあそこの跡取り息子も何だかごねてるそうじゃねぇか。和菓子屋なんか継がないとか」

勘一さんが我南人に向かって言いました。まったく関係のない話を始めてますが、急ぎませんよね。秋実ちゃんが話す気にならないと無理強いしてもいいことありませんから。

「ごねてるわけじゃないって言ってたよぉ。お菓子屋さんはいいとして、もっと新しいことやりたいって言ってたけどねぇ」

和菓子屋の〈昭爾屋〉さん。道下《みちした》さんですが、息子さんが我南人の幼馴染みなんですよね。高校を卒業した後、しばらく違うお店で修業してから帰ってきたんですけど。

「旨いな」

勘一さん、和菓子を食べて頷きます。

「あれだ、我南人。若いもんは何でも古いもんを嫌がるけどよぉ。音楽だって同じじゃねぇか」

「何が？」

「ブルーズやジャズがあってこそのロックだろうが。自分たちのルーツってもんを知らねぇでいい音楽ができるわきゃないわな。それと同じでよ、古い和菓子の中にだって新しいもんを見つけられるんじゃねぇか？」

「それ、僕に言われても困るよ。みっちゃんに言ってもらわないと」

紅茶を飲んで、お菓子を食べて、黙って聞いていた秋実ちゃんが、くすっ、と小さく笑いました。あら、と思って皆で見てしまいましたけど、秋実ちゃん恥ずかしそうにしました。

「ごめんなさい。あの、我南人さんの話し方が、普通になったから」

あぁ、と、勘一さんも笑います。

「聞いたのか？　こいつが何であんな変な喋り方をするか」

秋実ちゃん、こくん、と頷きます。

「でもな、こうやって親と真面目な話をし出してムキになるとひょいと元に戻っちまってな。その内に口じゃあ敵わねぇもんだから力ずくで来るのよ。ま、それでも俺に敵わねぇんだがな」

からからと勘一さんが笑って、我南人が少し悔しそうに苦笑いします。その通りですね。口より手が早い勘一さんですが、実は口もよく回るんです。

秋実ちゃんの表情が少し柔らかくなりました。気づくと、ノラと玉三郎がいつの間にか秋実ちゃんの後ろで揃って座ってじっと見ています。

猫は、不思議ですね。普段はそんなことを感じませんが、何かいつもとは違うことが家の中で起こると、自分たちがそこに出ていくタイミングをちゃんと心得て動いているようにも思えます。

わたしの視線と気配で気づきましたか、秋実ちゃんがあれ？　というふうにして後ろを振り返ります。

途端に、顔が綻びました。つい、と手を伸ばしました。人懐こいノラがひょい、と歩いてその手の指の匂いを嗅ぎます。

「猫は、好きかなぁあ？」

我南人が訊きます。

「うん、はい。大好きです。でも」

つい頬を綻ばせてしまった自分に気づいてまたすぐに引き締めて、でも、ノラが近くまで来たので思わず手を出して抱きます。ノラは、逆らわずに、にゃあ、と一声鳴いて秋実ちゃんの膝の上で大人しくしています。

「施設では飼えないんです。いろいろあって」

皆で、頷きました。

「その子はねぇ、ノラ」

「ノラ？　野良猫のノラ？　ですか？」

「いいやぁ、イプセンのノラだねぇえ」

「あ、『人形の家』のですね」

勘一さんの口が、ほう、と、開きましたね。我南人もわたしも思わず眼を大きくしてしまいました。今どきの高校生の女の子がイプセンを知っているとは驚きですね。

「本が、好きなのかい」

勘一さんが、にこにこしながら訊きました。秋実ちゃん、頷きます。笑顔になっていますね。

「好きです。学校の図書室にあるものは、何でも読みます」

「そうかい。あれかい？　施設にそういうのはないのかい。皆で読む本棚みてぇのは」

少し首を傾《かし》げました。

「あるにはありますけど、小さい子供向けの絵本とかそういうものが多いです」

うん、と、勘一さん頷きます。

「あれだな、明日、若木さんだったか？　来たらちょいと相談してみるか」

「相談？　ですか？」

「うちからよ、大人も、本好きの皆も読めるような本を見繕って、本棚と一緒に施設に届けるのよ。病院とかにはやってるんだ。何ヶ月かしたら中身を取り換えたり、リクエストに応えたりもできるぜ」

「本当ですか!?」

もちろん、本当です。

「まぁ若木さんが許してくれたらな。でもよ、事情があって許可されなくてもよ。こうやって知り合いになれたんだから、休みの日にはここに来ていくらでも本を読んでいっていいぜ」

秋実ちゃん、ますます嬉しそうな顔を見せます。表情が豊かな子ですね。きっと皆の人気者なのでしょう。

でもその顔が、また少し暗くなっていきます。元々が可愛らしい子なのに、そういう顔をしたときに現れる険のようなものがあります。

一度息を吸って、大きく吐いて、秋実ちゃんが我南人を見ました。

「我南人さんが助けてくれなかったらあたしは、あ、私はここに居ません。きっと、奴らに捕まってどこかに閉じこめられたと思います」

我南人と勘一さんが同時に顔を顰めました。父と息子なのですからよく似ています。我南人の顔立ち自体はわたしに似ているとよく言われるのですが。

「最初っから、話してくれねぇか」

勘一さんが優しく言うと、秋実ちゃん、頷きました。

ノラはすっかり秋実ちゃんの膝の上で眠っていますね。玉三郎はわたしの隣で炬燵の布団に潜り込んで頭を出しています。

少し考えているのは、どこから話せばいいかを探っているのでしょう。

「私のところの施設には、全部で十二人います。まだ幼稚園の子から、私たちみたいな高校生まで、いろいろです」

「若木さん、ってのは、その施設の代表者、園長さんみたいな人かい」

はい、と、頷きました。

「私たちは、ママ先生って呼んでいます。小さい子がお母さんだと思えるようにってそんなふうに呼ばせているんです。他の職員の人のことは普通に名字とか先生って呼んでいますけど、全部で八人います。あとは、食事を作ってくれる人も」

なるほど、と、わたしたちは頷きます。養護施設ではありませんが、老人ホームや病院の中に本棚を持っていくことはよくあります。雰囲気はなんとなくわかります。

「私は、五歳のときから、そこにいます。両親のことは、何も知りませんし誰もわかりません。二歳のときに病院に捨てられていた子で、服に〈秋実〉って刺繍《ししゅう》がしてあったそうです。そして、私を最初に見つけてくれた看護婦さんが〈鈴木さん〉だったんです。だから」

「鈴木秋実ちゃんなのかぁ」

我南人が言って、秋実ちゃんが頷きます。

「同じ年頃の仲良しの子がいるんです。一人は、さっき我南人さんにも教えた智子、トモちゃんです。杵築智子って名前で、私の二つ下なんですけど、すっごくお姉ちゃんみたいなタイプで世話焼きなんです。そしてもう一人いたんです。仲条桐子《なかじょうきりこ》っていうんですけど、私と同い年で、この子は小さいときから飛び抜けて美人で、成績はそんなに良くはなかったけど独特の雰囲気があって。ずっと仲良しで、いつも一緒だったんです。でも」

そこで、一度言葉を切って、真剣な表情を見せます。

「内緒にしていることなんです。誰にも言わないって。施設の子は、皆それを守っています」

何の事かはわかりませんが、それがとても重要なんだってことはよくわかります。三人で揃って頷いてしまいました。

「テレビで歌っている、アイドルの冴季キリは、その仲条桐子、キリちゃんなんです」

「あら」

「ほう」

「へぇえ」

三人で同時に声を出してしまいました。アンニュイな雰囲気を持つ冴季キリさん。大人気のアイドル。

昨日、テレビで観たばかりですよね。

「そういえばぁ、孤児だってのはどこかで記事を読んだことあるよぉ」

我南人が言って、秋実ちゃん、頷きます。

「そこは、内緒にはしていません。でもどこで育ったかは内緒なんです」

「あれかい？　スカウトでもされたのかい？」

「そうです。高一のときに街を歩いていたら、偶然今の事務所の社長さんの眼に留まって、社長さん、うちまで来て熱心に話して、絶対に凄いスターになるからって」

「歌もお上手だったわよね。昔から？」

訊くと、秋実ちゃん少し嬉しそうな顔をしました。

「いつも歌っていたんです。何をリクエストしてもすぐに歌ってくれて、あの頃はもっと伸び伸び歌っていたんです。今みたいな歌い方じゃなくて。よく笑っていたし」

そういえば、冴季キリさんは無表情で歌っていましたね。

うむ、って感じで勘一さんが腕組みします。少し話が見えてきましたね。どうしてチンピラたちが我南人の家まで知っていたかってことに繋《つな》がりそうです。

「そのキリちゃん、ってのが、今回のごたごたの中心って話になるのかい？」

勘一さんが訊きます。

「はい。あの、本当に、本当に内緒で誰にも知られたくないんです。知られちゃうとどうなるかわからないんです」

「わかってるよぉ」

我南人が、ぽんぽん、と秋実ちゃんの頭を軽く叩きました。

「大丈夫ぅ、僕や親父を信頼してくれていいよぉ。必ず、君を守るからねぇえ」

うん、と、秋実ちゃんは頷きます。

「キリちゃんから、突然電話があったんです。施設を出て事務所に入って有名になってからは全然まったくなかったのに。たまたま電話を取ったのが私で、びっくりしました。そしたら、キリちゃん泣いているんです。どうしたのかって訊いたら、あの、恋人ができて、そして、『駆け落ちする』って。でも、見つかったら殺されるかもしれないって」

駆け落ち、ですか。

「そのキリちゃんも高校生よね？」

「そうです」

まぁそのような切羽詰まった思いに年齢は関係ないとは思いますが。勘一さんが顔を顰めます。

「それもそうだが、見つかったら殺されるたぁ穏やかじゃねぇな。もっと詳しい事情は聞けたのかい」

「聞けなかったんです。キリちゃん、すごく慌てていて、泣いていて、助けてって。でも、私、ピンと来たんです。キリちゃんの事務所は大きいところでいろんな芸能人の人がいるらしいんだけど、ヤクザみたいな人もいるところなんです。そんな人がいるのを見たことあるんです。キリちゃんがデビューする少し前に。だから」

「君は、キリちゃんに無理矢理にでも会いに東京に来たんだねぇ？　彼女を助けようと思ったんだねぇ」

「そうです。最初に事務所に行きました。社長さんがうちに来たときに持ってきた名刺があったんです。それを探し出して。でも、会えなくて、どこにいるかもわからないとか言われて。そんなはずないって思って暗くなるまで待って忍び込もうと思ったんですけど、捕まっちゃって」

「忍び込んだのかよ」

勘一さんが少し驚きます。

秋実ちゃん、度胸もある女の子のようですね。

「それが追い掛け回されたチンピラどもかい。女の子に向かって刃物を振り回すような」

勘一さんが、顎を撫でます。この顔は、怒っていますね。

「でも、捕まって、何もされなかったの？」

怪我以外は何もされていないとはもうわかりましたけど一応訊きました。

「大丈夫です。捕まったけど、そして部屋に連れ込まれて名前とか訊かれて、あ、生徒手帳も見られちゃったけど」

「見られたのか」

それは拙かったですね。でもそんな場にでも生徒手帳を持っていくっていうのはやっぱり根が真面目なんですよ秋実ちゃん。

「でも、一瞬です。そいつが手帳を開いてあれこれ見てる隙に蹴り倒して」

蹴り倒したんですか。

「それで、手帳を取り返して逃げようとしたら、別の奴にナイフとか出されたけど、うまく逃げることができて外に出て、追いかけられていたら我南人さんたちが来てくれて」

勘一さんが唸《うな》りながら言います。

「いきなりナイフたぁ、あながちそのキリちゃんが言った『殺される』ってぇのも大袈《おおげ》裟《さ》じゃねぇってこったな」

「でも、秋実ちゃん」

まだ聞いていません。

「はい」

「その駆け落ちの相手って、誰なの？」

秋実ちゃんがわたしを見ます。

「それも、たぶん内緒にしないと」

「わかってるわ」

「三条みのるっていうアイドルです」

「あぁ!?」

「えぇ!?」

北ちゃん、ですか!?

勘一さんと我南人とわたしとで、しばらく見つめ合ってしまいました。滅多に驚く顔を見せない我南人もあんぐりと口を開けて相当驚いています。

とんでもなくびっくりしたわたしたちに、今度は秋実ちゃんも何があったのかときょろきょろしていますね。こんなふうに驚くとは思っていなかったんでしょうね。

「こいつぁ」

勘一さんが、自分のおでこをぴしゃり！　と、叩きました。

「吃驚仰天《びっくりぎょうてん》屋根まで飛んだってやつだな。とんだご縁があったもんだ」

「まったく凄い偶然だねぇえ」

偶然どころか、まるで神様が仕組んだ必然のような気もしますよ。


一緒にお風呂に入って、お部屋に布団を敷いてあげて、ちょっと用事を済ませて戻ってみると秋実ちゃん、すっかり眠っていました。相当疲れていたんでしょう。布団を掛け直してあげてそっとドアを閉じて居間に戻ると、我南人と勘一さんが煙草を吹かしながら、テレビを観ていました。

「寝たのか？　秋実ちゃん」

「ええ、疲れていたんでしょう、可愛い寝息を立ててぐっすりでした」

「無理もねぇやな」

勘一さんが、頷きながら言います。

「内緒で東京に出てきて、こっそりキリちゃんに会って助けだそうと一人で頑張ったのはいいけどチンピラに追い回されて怪我して、だ。疲れねぇ方がおかしい」

「そうですよね。ねぇ、我南人」

「なぁにぃ」

「あなたたちは追いかけられている秋実ちゃんを見つけて助けたんでしょう？　まだ秋実ちゃんを見つけたときの、そこのところは何も聞いていないんだけど、どんな状況だったの？」

「それねぇ」

我南人が煙を吐き出しながら、少し首を捻りました。

「さっき秋実ちゃんも言ってたけどぉ、一方的にやられていたわけじゃあないんだぁ。だってさぁ、普通に考えれば、チンピラ三人に追われた女の子なんか、あっという間に捕まっちゃうでしょうぉ？」

「そうだな」

「そうですね」

普通はそうです。女は男の力にはそうは敵いません。

「でもぉ、僕らが見つけたときには秋実ちゃん走り回って逃げていてぇ、捕まりそうになったら跳び回ったり回し蹴りしたり、なんかこう、手刀で空手みたいなことをしてぇ、チンピラをけっこうやっつけていたんだよぉ」

「さっきも言ってたな。蹴り倒したって」

そうでした。

「あの子、けっこうやるよぉ」

うむ、と、勘一さん頷きます。

「怪我したのもトンボ切ったからだって言ってたな。そんなふうには見えねぇが、喧嘩慣れしてんのか」

「そんな感じだったねぇ」

「お風呂入ったときにも思ったわ。とてもしなやかそうな身体つきだし、それに腕や足に少しだけど、打ち身みたいな、痣《あざ》もあったわ。今日のものじゃなくて、古そうなのも」

痣か、と、勘一さんが言います。

「案外、喧嘩っ早い子なのかもしれないねぇ」

「まぁその辺はよ、明日来るっていう若木さんに訊けばわかることかもしれねぇ。それよりもよ」

我南人が頷きました。

「北ちゃんと、その冴季キリのことだねぇ」

「おうよ。北ちゃんに連絡はつけられるのか？」

我南人が首を横に振ります。

「もちろん実家の電話番号は知ってるけどぉ、家は出てるし事務所がなんていうところかも知らないしぃ」

「そうだろうな。実家の父さん母さんに事務所はどこだっていきなり訊いて心配させるのもなんだな」

「いずれにしても、秋実ちゃんは嘘《うそ》を言うような子じゃありませんよ。それはわかります」

言うと、勘一さんも頷きました。

「それにしたって北ちゃんの実家は、ほら、由緒あるところだったよな。徳川かなんかの傍系だったか？」

「そんな感じだったねぇ」

確かそうですね。古くは大名の血筋でお金持ちというわけではありませんが、家系には大学教授やお医者様などお堅いところが揃っているはずです。それで、小さな頃からクラシックのピアノをずっと習っていたって聞きました。だから、芸能人としてデビューするのが決まったときには本当に驚いたのですよ。

「それで駆け落ちってのもな。どっかに勘違いかあるいは深い理由があるのは間違いねぇけど」

うむ、と、勘一さん腕組みして少し考えます。

「明日、どうするよ。若木さんにはもちろんこのことは内緒だな。その上で、秋実ちゃんが帰った後もそれを調べなきゃならんってことになると、ちょいと厄介だな」

「そうですねぇ」

「あ、あの人はぁ？」

我南人が手をひらひらさせました。

「ほら、うちにたまに来るテレビ局の一色さんだっけぇ？　あの人に訊いてみたらわかるんじゃないのぉ？　冴季キリや北ちゃんがどこの事務所かなんてのはぁ」

あぁ、一色さんですか。

勘一さんが頷きながらもちょっと首を捻りました。

「確かにテレビ局のプロデューサーならわかるかもしれねぇけど、何でそんなこと知りたいんだって突っ込んでくるぜ。あいつは仕事熱心な男だろうけどよ、どうも今一つ信用ならねぇ感じだからな。若い女の子の事情を聞かせることなんかできねぇだろ」

「あー、そうだねぇ。確かに」

「それにそんなこと頼んだら、おめぇたちがテレビに出てくれたら教えるとか交換条件を持ち出してきそうじゃねぇか。いいのか？」

「それは困るなぁ」

一色さんには申し訳ないですけど、確かに何もかも相談できるほど親しくもありません。

でも、一色さんで思い出して、手を、ぽん、と叩いてしまいました。

「勘一さん、海坊主さん！」

おう！　と、勘一さんも声を上げます。

「そうだった！」

芸能事務所をやっている海坊主さんなら、冴季キリさんの事務所も、そして北ちゃんの事務所もどこか、そしてどんなところなのか知っているかもしれません。

「何よりも、海坊主さんなら絶対に秘密は守ってくれます」

「その通りだ！　電話番号はわかるよな？」

「はい。でもご自宅のですから、もう掛けるには遅いですよね。明日の朝にでも電話してみましょう」

あのときも海坊主さんはわたしたちを命を懸けてまで守ってくれました。そしてもちろん、あの日から今までずっとその秘密を守ってくれています。これほど頼れる人はいません。

「その人に確認できるのはいいとしてもぉ」

我南人は、海坊主さんに会ったことはありますがよくは知りませんね。まだ小さい頃でしたから。

「秋実ちゃんが、可哀相だねぇ」

「可哀相、たぁ、どういうこった」

「僕たちがいくら調べてもぉ、秋実ちゃんが施設に戻っちゃったら、また出てくるのは一苦労になるよねぇきっと。黙って出てきてこんな騒ぎになっちゃったんだからぁ」

むぅ、と、勘一さんが頷きます。

「確かにな。駆け落ちだの殺されるだのって話も急を要するみてぇだし、そこんところはひとつ考えなきゃならねぇか」

＊

いろいろあった夜が明けて、朝になりました。

念のためにとわたしは秋実ちゃんと一緒の部屋に寝たのですが、わたしが起きると一緒に眼を覚ましてしまいました。足も痛いんだからゆっくり休んでいていいのよ、と言ったのですが。

セリちゃんに借りたあの極彩色のセーターを腕まくりして、朝ご飯の支度を手伝ってくれます。

「いつも朝は早いので、何でもないです。お手伝いします」

「そうお？」

施設でも最年長なので、いろいろ朝の手伝いはしているそうです。

「小さい子を起こしたり？」

「そうです。着替えもろくにしないで騒ぐ子だっているし、歯を磨かせて、顔を洗わせて、ランドセルの中身を確認したりもう毎日大騒ぎですよ」

少し笑みを見せながら秋実ちゃんが言います。

きっと、いいお姉ちゃんなんでしょうね。優しいだけじゃなくて厳しいことも言う頼もしいお姉ちゃん。この子はそういう役割を進んでやっているんでしょう。

そして、気になったんでしょうね。セリちゃんと香澄ちゃんの二人ともやってきました。

「おはようございます」

「おはようございます！」

秋実ちゃん、貸してあげたエプロンで手を拭いて、きちんと二人に向かって頭を下げます。

「昨夜はいろいろすみませんでした！　ありがとうございました」

「とんでもありません」

「何でもないから大丈夫。足はどう？」

「はい。まだ痛みますけどゆっくり動けば大丈夫です」

「じゃあ、無理しないでくださいね。動くのはわたくしたちがやりますから」

何だか若い女の子が三人で、急に台所が賑やかに華やかになりました。

拓郎くんがやってきて、勘一さんも我南人も起きてきて、皆で朝ご飯です。

いつもならとりとめのない話をしながら賑やかに食べるのですが、勘一さんが拓郎くん、セリちゃん、香澄ちゃんに言います。

「とりあえずよ」

「はい？」

「いろいろとどんな話になったのか気になるだろうけど、まぁ今はなんにも訊かないでいつも通りにやってくれや。ただしな、周りに昨夜みたいな変な連中がいねぇかどうかだけは、気をつけてくれ。まぁおめぇたちが巻き込まれることはねぇだろうけどよ」

拓郎くんが頷きます。

「何かあったらいつでもお手伝いしますよ。店番とか」

「おう、そんときは頼む。あれだ、これからどうするかはこの後いろいろ客が来るんでな。事情が許せば、おめぇたちにも、今晩にでもきちんとわかるように説明するからよ」

三人とも了解しました、と大きく頷きます。

拓郎くんもセリちゃんも香澄ちゃんも、とてもしっかりとした若者ですから大丈夫ですね。

海坊主さんには電話で連絡がついて、何はともあれ家に寄ってくれることになりました。若木さんからも、駅に着いてこれからお伺いすると電話がありました。駅からは急げば女性の足でも七、八分ほどで着きますからすぐですね。近道しようとして途中にある細い路地に迷い込まなければの話なんですが。

秋実ちゃんが昨夜に洗濯した自分の服を気にしていました。

「やっぱりまだ服は乾いていないから、そのままにしましょう」

「はい」

今日は金曜日、何事もなければもう秋実ちゃんは学校に着いている時間でしょう。若木さんがお店を目当てにやってくるでしょうから、店は開けましたが〈休憩中〉の木札を下げました。

座卓の上座に座った勘一さんが、一口お茶を飲んで、座って待っている我南人と秋実ちゃんの顔を見ます。

「秋実ちゃんよ」

「はい」

「確認なんだがな、若木さんには、キリちゃんのことは相談できねぇんだろう？　昨日の夜に何をしていたかも知られたくねぇんだろう？」

　秋実ちゃん、一度顔を顰めてから頷きます。

「できません。キリちゃんもそう言ってたし、それにママ先生は施設の皆を守らなきゃならなくて、大変なんです。私みたいな問題児もいるし」

「あら、秋実ちゃんは問題児なの？」

　とてもそうは思えませんけど。秋実ちゃんが、首を少し傾げました。

「ちょっと、いろいろあって。でも、あの」

「理由があるってこったな？　問題児となっているその理由が」

　秋実ちゃん、唇を引き締めてから、こくんと頷きます。

「でも、皆には面倒を掛けたくないんです。キリちゃんだって、あたしが電話に出たから話してくれたんです。他の人だったら、切っていたって」

　私、が、普段の口調の、あたし、になっています。きっとわたしたちに気を許してくれたんでしょう。

「にしたって、秋実ちゃんはこの後施設に帰っても、またキリちゃんのために何とかしようって思ってるんだろう？　せめて連絡でもつけて事情をちゃんと確かめたいよな。ましてやよ、チンピラたちにひどい目に遭わされたんだ。あいつらを叩きのめさねぇと気が済まねぇんじゃないか？」

勘一さんが少し冗談交じりに言うと、秋実ちゃん、ちょっと困った顔をしましたね。

「あの、あたし、結構そういうのが多くて」

「喧嘩っ早いってわけじゃねぇが、不良どもがハンパなことをやってたらつい懲《こ》らしめたくなるんじゃねぇのか」

「すみません」

「謝ることじゃないねぇ。うちの親父と同じだよぉ」

我南人が言います。勘一さんも笑って頷きました。

「そこでよ、秋実ちゃん」

「はい」

「秋実ちゃんさえ良ければなんだけどな、しばらくというか、せめてそのキリちゃんや北ちゃんが何を考えてるのか、向こうがどんなことになってるのかを確かめるまではうちにいるってのは、どうだ」

秋実ちゃん、眼を丸くしてそして勢い良く前のめりになりましたね。

「それは、すごく嬉しいんですけど！　でも、ママ先生が許さないと思います」

「そりゃあそうだ。保護者なんだからな。保護者ってのは、子供がきちんと学校に通って将来のためになるようにさせるのが義務なんだ」

「じゃあ」

秋実ちゃんが口ごもります。どうするのか、と訊きたかったんでしょう。

「ま、そこでだ。出たとこ勝負なんだが、まぁ悪いようにはしねぇから。俺の言うことに反対しねぇでくれや」

「反対？」

「我南人もな」

「僕ぅ？」

二人で首を傾げます。さて、勘一さんは何かを考えているようですけど、わたしは何も聞いていません。わたしを見て、ひょいと肩を竦めました。これはわたしも適当に話を合わせろということなんでしょう。

確かめないうちに、声が聞こえてきました。

「ごめんください。おはようございます」

りん、と、鈴の音が響きます。いらしたようですね。

「はーい」

「朝早くごめんくださいませ」

迎えに出ますと、クリーム色のジャケットに白いブラウス、スカートを穿いた女性が立っていました。肩ぐらいまでの黒髪がまるで烏《からす》の濡れ羽色できれいです。背筋をピンとしてらして活動的な印象です。さすが働く女性ですね。

「〈つつじの丘ハウス〉の若木と申します。どうもこの度は大変なご面倒をお掛けしまして本当に申し訳ありません」

若木さん、深々と頭を下げます。

「いえいえ、とんでもないです。さ、どうぞお上がりください。秋実ちゃんも待っていますので」

「本当に申し訳ありません」

帳場の横を通って居間に進んでもらいます。若木さん、上がったところで膝をつき、丁寧にお辞儀します。

「皆様おはようございます。若木ひとえと申します。堀田様ですか？」

勘一さんに言いました。

「いやどうも朝早くご苦労様ですな。堀田勘一と申します。ささ、そんなところでは何ですから、どうぞこちらに」

「すみません、失礼します」

若木さん、座卓についている秋実ちゃんに向き直って、見ました。

「秋実！」

低くですが、強い調子で言いました。

「ごめん、なさい」

秋実ちゃんも頭を下げます。

「それはいいから！　足は？　大丈夫なの？」

「大丈夫。もう少ししたら普通に歩けるようになると思う」

「そう」

若木さんが、小さく息を吐きます。秋実ちゃんは、じっと若木さんを見ています。勘一さんと我南人がそのやりとりをじっと聞いています。声の調子からわかります。この二人はちゃんとした関係を築いていますね。決して反りが合わないとか、仲が悪いなんていうことはありません。信頼関係さえ感じました。

「堀田様」

若木さんが、勘一さんに向かいます。

「改めてこの度は本当にご迷惑をお掛けいたしました。うちの秋実を助けていただいて、その上でご親切にしていただいて」

「いやいやぁ、若木さん。いや、その前にこいつが、まぁ顔でお分かりでしょうが愚息《ぐそく》の我南人でして」

「どうもぉ、我南人ですぅ」

こういうときには本当にこの口調は癇《かん》に障りますね。きちんと喋れるのにどうしてそうしないいんでしょうか。

でも、若木さんの表情が少しほぐれました。少しばかりですが名の売れたミュージシャンというのは本当に便利ですよ。

「ありがとうございます。何でも我南人さんが助けてくれたと聞きまして」

「それなんですがね、若木さん」

勘一さんが言います。

「はい」

「さっそくであれなんですがね。実はですな、いや私共も昨夜初めて聞いてちょっとびっくりしていたんですがね。若木さん、どうして秋実さんが昨日無断で外出してこんなふうになったかは当然まだご存じないですよな?」

「あ、はい。聞いていません」

若木さん、頷きます。

「学校から帰ってきたと思ったら気がついたらいなくなっていて、書き置きとかも何もなく、連絡もない帰ってもこないで、もう少し電話が遅かったら警察に行こうかと話していたんです」

勘一さん、うんうん、と頷きますが、この顔は明らかに何か企んでいる顔ですよ。

「それがですなぁ、実は秋実さん、ずっとこの我南人に恋をしていましてな」

「恋ぃ?」

若木さん、思わず大きな声で繰り返しました。

わたしも繰り返しそうになったのを堪えましたし、我南人も秋実ちゃんもそうですよ。口を開きかけたり唇をごにょごにょと動かしたりいろんなものをすんでのところで堪えて止めました。

「それがもう恋煩いとはよく言ったもんで、ご存じなかったでしょうな？」

「まったく、知りませんでした」

若木さんの眼が勘一さんと秋実ちゃんと我南人の顔を行ったり来たりしています。

「そしてその恋心は一方通行ではなく我南人にも届いていましてな。実は二人はこれがまた文通をしていたとか」

「文通、ですか」

また驚きます。

言うに事欠いて文通ですか。手紙など二十数年間の人生で一度も書いたことがないような我南人が文通。

「文通なんですよ。まぁ我南人にしてみりゃあ最初はただのファンの女の子の一人だったんですが、写真なんかも貰って興味を持ってこっそり電話してデートもしていてその内にれっきとした彼女になっていた、と。そういうわけなんですな。しかしご存じのようにこいつは一応はプロのミュージシャンでしてな。大人同士ならいざ知らずまだ高校生の女の子との恋愛などが発覚すると、いくら傍若無人が看板みてぇなロックンローラーとはいっても人気商売としては拙い。したがって人目を忍ぶ恋だったようですな」

　立板に水とはこのことです。よくもこれだけ口からでまかせが出てくるものだと感心します。

　若木さん、ただ眼をぱちぱちしていますよ。

「いやぁ親である俺も女房もまったく気づきませんでね。そしてまぁ話を聞くとちょいといろいろとこの好き合った二人の間で誤解があったようで、まぁそれはそれ若さ、ですな。気持ちを確かめたくてどうにも我慢できなくなって秋実さんはお家を飛び出してきてコンサート中だった我南人に会いに来たと。そういうわけなんですな」

「はぁ」

　秋実ちゃんに若木さんが顔を向けます。秋実ちゃんはただ小さく頷きました。もうこの話に乗らなきゃならないと理解したようです。

「その際にですな、我南人のファンの女の子たちと揉み合いになっちまいまして、弾みで秋実さんが転んで足を挫いてしまって、そこを我南人がまぁファンの間に飛び込んで助けたってわけなんですな」

　心の中でなるほど、と頷きました。

　随分と上手く話を繋げましたね。我が旦那様ながら大したものだと思います。

我南人ももうすっかり何もかも承知した、と、ばかりにうんうん頷いていています。秋実ちゃんもどうやら勘一さんがどう話を持っていこうとしているのかが全部わかったみたいで、神妙な面持ちを保ったまま聞いていています。

「しかしですな若木さん、ここでさらにまた問題が起こりましてな。ご存じないかもしれませんがこの我南人がやってるロックだのなんだのって音楽には相当に熱狂的なファンがつきまして、ロックンロール・グルーピーなんて呼ぶらしいんですな。これがまた本当に熱狂的を通り越して過激なとんでもねぇ若い女の子ばかりでして、秋実さんが我南人の恋人じゃないかってんでその場でもう大騒ぎになりまして、ほうほうの体《てい》で我南人たちが連れ出したんですよ」

若木さん、真剣な顔つきになってきました。

「そしてですな、その騒ぎの際にどうやら秋実さんは生徒手帳をなくしちまって、その性悪で過激なグルーピーたちの手に渡ったんではないかと。まぁ生徒手帳ぐらいはまた発行してもらえば済むもんでしょうが、秋実さんがどこの学校でしかもどこに住んでいるかがわかっちまったかもしれない。そうなるとですな、このまま秋実さんがそちらに帰ると、ひょっとしたら学校の行き帰りやそちらの施設に性悪で過激なグルーピーたちが押し寄せるかもしれない。こりゃあ、拙いんじゃないかと皆で話していたんですが、結論としてですな若木さん」

「はい」

「こんなふうになっちまったのも愚息の我南人にも大いに責任があるわけでして、秋実さん、しばらくうちに預けちゃあどうですかね？」

「え？」

そういう話に持っていきましたか。

「うちに秋実さんがいてくれりゃあ、俺や女房が眼を光らせて性悪で過激なグルーピーたちなんか近づけさせませんや。その間に我南人とその仲間がですな、なんとかそいつらを説得して生徒手帳も回収して無事何事もなく穏便に済ませるように手配しますから。いやいくら性悪で過激なグルーピーたちとは言ってもね、若い女の子だしファンであることには違いないんでね。そこら辺はこちらで上手くやりますんでご心配には及びませんや。それにほら、もしもその性悪で過激なグルーピーたちがチンピラを引き連れてきてちょいと荒事になったとしてもですな、我が家にはぶっとい用心棒がいますんで、もうこれ以上秋実さんに手出しはさせませんのでご安心ください」

「用心棒？　ですか？」

「ほれ、もうそこに控えておりますな」

勘一さんが、店の方を指差すとそこにはいつの間にか海坊主さんが佇《たたず》んでいました。

ちょっとびっくりしました。海坊主さん、お久しぶりですが、いつの間に入ってきたのかまったく気づきませんでした。

坊主頭に一九〇センチを超える巨体。年を取ってもスーツ姿になってもその威圧感は衰えていませんでした。

そして、何もかも察してじっとそこで待っていてくれたんですね海坊主さん。

若木さんがびっくりしてますね。それはそうだと思います。海坊主さんに軽く会釈します。海坊主さんも、黙ってゆっくりとお辞儀をします。

「あの」

若木さんが、勘一さんに向かいます。

「驚きましたけど、お話はよくわかりました。ご厚意にも感謝します。けれども預けると言っても学校もありますし」

「まぁ、今日は金曜日ですな。もう遅刻は決定していますし、明日は土曜で半ドンでそして日曜です。二日ばかり風邪を引いて休むってことにしてしまっても、まぁ大丈夫じゃねぇでしょうかね？　三日もありゃあ、何とか片を付けますんで、いかがでしょうかね？　もちろん」

勘一さんが胸を張って軽く拳で叩きます。

「この堀田勘一、そしてそこにいる息子の堀田我南人、あなたの大切なお子さんである鈴木秋実さんをこの身に代えてもお守りし、ちゃあんとお返しすることを、この八十年続く古書店〈東京バンドワゴン〉に懸けて誓いますぜ」

若木さん、じっと勘一さんを見つめます。

そして我南人を見て、秋実ちゃんを見ます。

「秋実は、いいの？　そうしたいって思ってるの？」

真剣な表情で若木さんが訊きます。秋実ちゃん、背筋を伸ばして、真っ直《まっす》ぐに若木さんを見ました。

「お願いします。しばらくここに居させてください」

そう言って、頭を下げました。

五

何とぞよろしくお願いします。

そう言って若木さんは帰られました。玄関で見送って、やれやれとほっとしながら居間に戻ってきて皆で座ります。足の痛い秋実ちゃんは、ほとんど我南人に抱えられるようにしていました。

「勘一さん」

「おう」

「若木さん、わかっていましたよ。何もかも口からでまかせだって」

言うと、勘一さんが苦笑いしました。

「わかった上で、大事な秋実ちゃんをわたしたちに委ねてくれたんですからね」

「そうだろうよ。いくらなんでも話が唐突で出来過ぎってもんだし、文通なんてやっていたら気づかねぇはずはないよな？　そうだろ秋実ちゃん」

秋実ちゃん、こくん、と頷きます。

「そもそもあたしに手紙なんて、クラスの友達からの年賀状が来るぐらいです」

「だろうと思ったぜ。しかしよ、秋実ちゃん」

「はい」

「あの人は、大した人だな。どうして見え透いた嘘までついて秋実ちゃんを預かろうとするのか。それは秋実ちゃんにとって大事なことがあって、でも今は話せないからそういう理由で納得してくれと頼んでいるんだって理解してくれたんだ。赤の他人の俺たちを信用して任せてくれたんだぜ。秋実ちゃんは今はそうしなきゃならないんだってわかってくれてよ、何にも口を挟まずにそれを許してくれたんだ」

その通りですね。

もちろん、元より身寄りのない子供たちのお世話をしてらっしゃる立派なご職業の方です。その上、たくさんの子供たちひとりひとりをきちんと見ていらっしゃるんでしょう。秋実ちゃんのこともちゃんとわかっていて信頼しているんです。そうでなければそんな判断はできません。

秋実ちゃん、頷きます。

「ママ先生は、立派です。最近、それがよくわかってきました」

「いい人だよねぇ」

我南人が言います。

「やっぱりさぁ、ちゃあんと家があるよぉ君にはぁ」

我南人が言うと、秋実ちゃんも我南人を見て、微笑んで頷きました。何か、二人きりのときにそういう話をしたんでしょうか。

「さて、と」

勘一さんが座卓について、待っていた海坊主さんを見ます。

「放《ほ》ったらかして、すみませんでした海《うみ》さん」

笑いながら頭を下げます。

「なに、何てことはありませんぜ。また何か仕掛けたんだろうなって察していましたからね。こっそりと入ってきて正解でしたよ」

海坊主さんも笑います。

「ご無沙汰しておりまして、申し訳ありませんでした」

「こっちこそです。勘一さんもサチさんもお変わりなく」

本当にお久しぶりです。なかなか会えないのは今のお仕事が忙しいせいもあるのですが、あの当時はカタギではなかったので、無闇に会わない方がいいと海坊主さんたちが遠慮したのですよね。

「川坊主さんと、山坊主さんもお元気ですか？」

「生きてますぜ。川本は相変わらず坊主をやってます。山川も変わらずヤクザな商売やってます。そのせいでいつどこで死ぬかわかりませんが、そんときには川本に経を上げてもらうらしいですぜ」

そうでした。川坊主こと川本治さんはあの後に仏門に入られてお坊さんに、山坊主こと山川光夫さんはそのまま暴力団の組長さんに。何とも対照的というか、それぞれの人生を歩んでいらっしゃいます。

海坊主こと海部さん、我南人を見て、にいっ、と笑います。

「我南人ちゃんも随分大きくなりましたな。前に会ったときにはまだ小学生でしたよ。〈LOVE TIMER〉としてのご活躍、拝見しております。何よりです」

ちゃん、と呼ばれて我南人が苦笑いします。海坊主さんは秋実ちゃんを見て、まずはただ会釈します。

「そして、こちらの可愛らしいお嬢さん、秋実さんが、俺が呼ばれたことに関わりあるってことですね？」

「そうなんだよ。実はな海さん」

勘一さんが秋実ちゃんを紹介して、そして海坊主さんにこれまでのことを事細かく話しました。ときどき頷きながら、じっと話を聞いていた海坊主さんでしたが、聞き終わると顔を思いっ切り顰めます。

「なるほど」

「どうだい海さん。思い当たることがあるかい。俺としちゃあ何はともあれこの秋実ちゃんの親友であるキリちゃんの無事を確認してやりてぇんだけどさ」

海坊主さん、大きく息を吐き出しました。

「勘一さん」

「ほいよ」

「確かめてみなきゃあわからんですがね。こいつぁちょいと、いやかなり面倒な話になりそうですよ」

「どんなふうにだい」

頷いて、海坊主さんは皆を見回します。

「皆さん、今聞いた話が内緒なように、俺がこれから話すことも絶対に内緒ですぜ。そのつもりでいてくださいよ」

皆で頷きます。

海坊主さんが真剣な顔になるとやっぱり迫力が違います。

「長い話になりますが、まず、冴季キリですが、所属事務所は〈御法《みのり》興業〉ってところでさ。それなりに昔からある大きな芸能事務所でね。俺んところよりもはるかに力も人脈も持ってる。社長は御法蔵吉《くらきち》って男でね。こいつは俺と同じで敗戦後にできあがってきたいわゆる興行屋上がりですよ。ショバ代と同じでてめぇのところのシマで興行やるならうちを通せっていう、早い話、元々がヤクザな男です」

「やっぱりかい」

勘一さんが顰め面をします。

「とは言っても、今の〈御法興業〉はれっきとした会社でもある。それこそ俺んところと同じようにね。あそこは抱えている歌手やタレントも二十や三十をくだらないし、その中には冴季キリのようにちゃんとしたアイドルもいる。歌手の難波広太郎《なんばこうたろう》やひびき紀子《のりこ》なんていう大物もそこの所属ですよ。表向きにはまったく真っ当な、しかも大手の芸能事務所なんですよ。だから」

秋実ちゃんを見ました。

「仮に秋実さんの友達の冴季キリが駆け落ちするって騒いで事務所を辞めようとしたところで、いきなり殺されるなんてことはもちろん、ない。そもそもヤクザが人一人始末するのも昔と違って大変な時代になってきてるんだ。お嬢さん、そこは安心しなさい」

秋実ちゃん、こくり、と頷きます。

「ただし、ここからが肝心で内緒の話になるんだが、〈御法興業〉にはね、〈裏御法〉ってのがあるんですよ」

「〈裏御法〉？」

そうです、と、海坊主さん頷きます。

「正式名称は〈法末《のりまつ》興業〉ってとこですが、同業者は皆〈裏御法〉って呼んでますよ。表向きには関係ないようにはしてありますがね。根っこはまるっきり同じです。〈御法興業〉で売れなくなったり、ギャンブルで借金漬けになった歌手やタレントはそっちに移して、地方のキャバレーなんぞをドサ回りさせて、女の場合はいよいよもう駄目んなったらどこぞに売り飛ばして身体ででも金を稼がせるっていう昔ながらの連中ですよ」

あぁ、と、勘一さんも我南人も顔を顰めました。それもまたよく聞く話ではありますね。海坊主さんが続けます。

「あるいは端《はな》っからそういう目的で、田舎の小娘をだまくらかして連れてきて、さんざん稼がせてあとは捨てるだけとかね。いくら昔とは違う新しい時代になったって、そういうのは以前とおんなじですぜ。変わりっこねぇ」

「それを〈御法興業〉の裏側で取り仕切ってるのが、〈裏御法〉こと〈法末興業〉ってことかい」

「そういうことです。取り仕切ってやってるのは確か、中島伸郎《なかじまのぶお》っていうプロデューサーで、一応そういうご立派な肩書きは持ってます。そいつがまぁ言ってみりゃあ〈御法興業〉裏玄関の門番みたいなもんですね。俺も何度か会ったことはありますが、まぁあんまり関わりたくはない男ですよ」

「じゃあ、まさか」

　秋実ちゃんが不安げな顔をします。

「最悪、のケースはそいつに冴季キリが渡される場合ですがね、冴季キリは今は押しも押されもせぬ若者のアイドルだ。充分に売れているしこれからもまだまだ稼げるタマですよ。さっきも言ったけど大事な金儲けの道具にいきなりそんなことはしませんよ。ただ、ここで問題になるのが三条みのるの方だ」

「北ちゃんは、どこの事務所なのぉ？」

　我南人が訊きました。海坊主さんが頷きます。

「三条みのるは〈富弥《とみや》プロダクション〉、通称〈トミプロ〉ですよ我南人ちゃん。こっちはサチさんでも聞いたことあるんじゃないですかい」

「ありますね」

　どこで聞いたかはわかりませんけど。

「よく聞く名前ですよ。有名なんですよね？」

「有名も有名。いまや名実ともに一流の芸能プロダクションですぜ。そもそも芸能プロダクションという言葉を世に生み出し広めたのが〈トミプロ〉ですよ」

「それは、僕も何となく聞いたことあるよぉ」

我南人が言います。

「そもそも、僕らにも所属しないかって声を掛けてきてるはずだからねぇ」

でしょうね、と、海坊主さん頷きながら、ずい、と身体を前に出しました。

「ここでちょいと話がくどくなるけどじっくり聞いてくださいよ」

はい、と、皆も座卓に身体を預けます。

「そもそも〈興行屋〉ってのは地回り愚連隊から始まったようなもんですよ。だから、芸能界で歌ったりする歌手は地方に行ってコンサートをやるときなんかは、そこに話を通さないとできない。もちろん通さなくたって会場をきちんと借りてれば法的には何の問題もないんだが、話を通さないと嫌がらせとかを受けてコンサートができなくなる。だから、仕方なく金を払う。金さえ払えばたとえば会場整理の人員を出したり宿や打ち上げを格安で手配したりといろいろと便宜を図ってくれる。そこから役割が大きくなっていって、〈興行屋〉そのものがタレントを抱えるようになっていって、自分たちで興行をするようになっていったし、相変わらずそこに属さない連中の興行からも金を取っていた。まぁこれが戦前そして終戦直後の芸能界の仕組みですよ」

わかりますね、と、海坊主さんが皆の顔を見ます。

「理解しているぜ。その辺は俺とサチもあの頃にさんざん聞かされたからな」

「そうでしたね。いやまったく時の流れは早いもんで」

海坊主さんが苦笑いします。

本当にあのときはお世話になりましたよね。

海坊主さんや山坊主さん、川坊主さんの運転する車に乗り、皆であちこちの会場を回りました。

まだ勘一さんと結婚する前のわたしを守るために一緒にここで暮らして、バンドをやってくれたジョーさん、マリアさん、十郎さん、そして戦災孤児でお義父さんが引き取ったかずみちゃんも、今はそれぞれに遠いところで暮らしています。

「ところが、時代が変わった」

海坊主さんが続けました。

「そのシステムに異を唱える男が出てきた。音楽を演奏するのなんて自由なはずだ、と。お客さんが喜んでくれればそれでいいはずなのに、どうして興行屋のいいなりにならなきゃ駄目なんだ、とね」

「それが〈トミプロ〉かい」

「そうです。社長は富弥信太郎《しんたろう》。元々はジャズのミュージシャンですよ」

「富弥信太郎？」

勘一さんが、小首を傾げました。

「覚えてますかい。勘一さんも会ったことはあるはずですぜ」

「そいつはあの洋行帰りの奴じゃねぇのか。大学も出てアメリカで暮らしていたドラマーじゃねぇか？」

「その通りです」

勘一さん、ぽん、と膝を叩きます。

「あの富弥か！　覚えてるぜ。ほら、サチよ。それこそあの頃に一緒にステージに立ったことが何度もあるぜ。背が高くて地の顔が笑ってるような男で、よくかずみにお菓子をくれてた優男《やさおとこ》だ」

「あぁ！」

思い出しました。

「いらっしゃいましたね。ジョーさんとも気が合って、よくお話しになっていましたっけ」

何人かのミュージシャンの方とはよく同じステージに上がり、お話もしました。うちにはかずみちゃんという子供がいましたから、子供好きの方はステージが捌《は》けた後によく構ってくれたのですよね。

あの方が今は芸能事務所の社長さんですか。

「それは驚きました」

「あの富弥という男はアイデアマンでしてね。まぁミュージシャンとしてもドサ回りとかもやって、いろいろと苦労や興行主との衝突もあったんでしょう。何とかして興行屋の手から逃れてもっと自由に音楽をやりたかった。音楽をやらせてあげたかった。そう考えて自分で事務所を作って、興行屋を抜きにしてコンサートをやるようになった。その手法っていうのが、宣伝ですよ」

「宣伝、ですか？」

我南人も秋実ちゃんもじっと海坊主さんの話を聞いています。

「企業と組んだんですよ。終戦後の混乱も一段落して日本の企業も力を盛り返していったときです。戦争で何もかも失われていた日本製の商品がどんどん出てきた。そこで、大手企業の製品の宣伝イベントにコンサートを組み込んだんです」

「なるほどぉお」

我南人が頷きました。

「それなら、自分たちの興行じゃないから興行屋さんは手を出せないんだぁ。入場無料なんでしょうぉ？」

「その通り。お客さんは無料で音楽を聴けるってことですよ。この手法が当たってスポンサー付きでコンサートを行うようになった。昔からの興行屋は歯軋《はぎし》りしましたよ。自分たちにはまったく手を出せないですからね。手を出したら今度は大企業相手ですから新聞だって黙っちゃいない。さらに富弥は今度はテレビ局と手を組んだ。自分たちの音楽番組を作ったんですね」

「そうか！　それが〈日曜ワイワイサンデー〉だな？」

「そうです。あれは〈富弥プロダクション〉制作ですよ。おそらく日本で初めて芸能プロダクションが作ったテレビ番組でしょうね。これで自分たちが抱えるタレントや歌手を、興行屋の息の掛かったドサ回りなんかさせないで日本中にあっという間に広めることができた。日本中のファンが〈トミプロ〉の歌手たちのコンサートを待ち望むようになったんです。そうするともう力関係が逆転したわけです。興行屋を無視したってスポンサーが付いて予算はあるから人員の手配ができる」

「その地団駄踏んだ〈興行屋〉の中心にいたのが〈御法興業〉ってぇわけだな？　つまり、その〈トミプロ〉に所属している三条みのるは、〈御法興業〉にすりゃあ目の上のたんこぶどころか仇《かたき》のトップスターってことか！」

それは、確かにとんでもないことかもしれません。海坊主さんが、その通りだって頷きます。

「冗談抜きで、芸能界は売れりゃあ何千万何億ってぇ金が動く世界ですよ。その世界で、丁々発止やりあってきた〈御法興業〉のスターアイドルと、〈トミプロ〉のスターアイドルの恋愛話ですよ、これは」

海坊主さんが、頭をごしごしと擦《こす》りました。

「もしもそれが発覚したらどうなるのか、俺にも想像つきませんや。いや、想像したくないですねこりゃあ。いくら〈トミプロ〉がヤクザなところとは何の付き合いもないクリーンな芸能プロダクションって言っても、金の動くところには大きな力もくっつくんですよ。勘一さんなら、〈御法興業〉のバックに政治家がつくことぐらいはわかりやすよね？」

勘一さん、嫌そうな顔をしました。

「地回りのヤクザに政治家は付きものよ。んなのは親父の頃から嫌ってほど知らされてたぜ」

「その通りです。かたや〈トミプロ〉は政治家が喜ぶトップスターを抱え、テレビ業界とのぶっとい繋がりがありやすからね。政治家がマスコミとくっつくのも言うに及ばずってもんで」

海坊主さんが、秋実ちゃんを見ました。

「もしも、お嬢さんが言うように本当に〈冴季キリ〉と〈三条みのる〉が恋仲なら、二人が最終手段として駆け落ちっていう方法を考えるのも充分に納得できますよ。そして、さっきは殺されることはないと言いましたが、そういった芸能界の表も裏も仕組みをわかっている二人なら、この恋愛の結果、どっちかが潰されるかもしれないって思い込んでも不思議じゃありませんや。それで、お嬢さんに電話して言ってしまったんでしょうな。殺されるかもしれないと」

我南人が大きく溜息をつきました。

「まるでぇ。ロミオとジュリエットだねぇえ」

「いや」

海坊主さんが首を横に振りました。

「二人だけが傷つく悲劇で終わりゃあまだマシってもんで。下手したらこりゃあ芸能界を二分して行われる全面戦争ですよ勘一さん。チンピラどもが勝手にやりあうのはいいとしても、冴季キリにも三条みのるにも家族ってもんがいるだろうし、友達だっているでしょう。そういう人たちが巻き込まれて被害が出たら洒落にならねぇ」

そんなことになってしまうのですか。

勘一さんが、静かに頷きました。

「どっちの事務所も若い二人の恋なんか認めねぇわな。中年のロマンスならまだしもそんなことをして、それが表に、マスコミに出ちまったらファンは確実に減っちまう。するってぇとこれから稼げたはずの何億もの金が消えちまう。金蔓《かねづる》を守るためにはどうすりゃいいかって考えりゃあ」

勘一さんが、我南人を見ました。

「あいつらはどんなことを考えると思うよ」

我南人が頷きます。

「簡単な話だねぇ。どっちかを消せば話は済むねぇ。二人の恋愛が終わってしまうんだからぁ」

「消すって」

秋実ちゃんが眼を丸くします。

「たとえばだよぉ、〈御法興業〉は、北ちゃん、三条みのるを交通事故に見せかけて大怪我させて二度と芸能界に復帰させないようにさせるとかだねぇ。最悪間違って死んじゃってもいいかなぐらいは考えるよねぇヤクザ上がりだったら」

「そんな」

顔を顰めて秋実ちゃんが言います。

「事故に見せかけるなんて、できるんですか？」

「できると思うよぉ。まぁあくまでもたとえばだけどね。そして、一方〈トミプロ〉はヤクザとは繋がりはないけどマスコミに強いんだ。だったらぁ、冴季キリにとんでもない醜聞、たとえば政治家の枕営業の餌食《えじき》になったとかのぉスキャンダルを仕掛けてテレビや新聞で流せば、それでキリちゃんは芸能界から消えるよねぇ」

何か言いかけた秋実ちゃんを、我南人は笑顔で止めました。

「わかってるよぉ。キリちゃんはそんな子じゃないいんだろう？」

「そうです！」

「でも、嘘でもそんなのが出たら終わりなんだぁ。いくら北ちゃんが気にしなくてもぉ、北ちゃんの家系はいいところだからスキャンダルまみれの女の子なんかを結婚相手としてなんか認めないよぉ。そしてその程度のこと仕掛けるのはきっと簡単なところなのさぁ。だよねぇ海坊主さん？」

「まったくその通りで。〈御法興業〉も〈トミプロ〉も朝飯前でしょうね。正直、俺のところでもやろうと思えば簡単にやっちまえる。もっとも俺のところには後始末をするパイプがねぇんですけどね」

我南人が大きく頷きます。

「それでどっちかが消えて、どっちかが残ったとして、失恋は芸の肥やしになるっていうけどそれは歌手においても然りだねぇ。傷ついたハートは確実に表現を豊かにしていくよぉ。それを考えれば、別れさせるのも諦めさせるのもとんでもなく面倒臭いんだからぁ、メリットデメリット考えればぁ、どっちもお互いに実力行使ぐらいは簡単にやるんじゃないかなぁ」

「その通りさ」

勘一さんが言って、海坊主さんも頷きます。

そうですね。考えたくもないことですけど、世の中きれいなものばかりでできているわけじゃありません。ましてや大きなお金の動く商売の世界では、文字通り生きるか死ぬかの勝負が行われているんです。認めたくありませんしそうあってはほしくありませんが、それが現実でもあるんでしょう。

秋実ちゃんが、静かに息を吐きました。

「じゃあ、キリちゃんはもう」

「まだわからねぇ。落ち着きな。二人の仲がバレちまったらそうなる可能性は大いに考えられるってぇ話だ。海さんよ、あんたも古参の興行界の人間なんだ。二人の恋の噂《うわさ》なんかはまだ耳に入ってねぇんだろう？」

海坊主さん、頷きます。

「まるで耳に入っていませんぜ。俺らのところは噂も早い。よっぽど二人が上手く立ち回って恋を育てていたか、あるいは事務所が把握していたとしても、ひた隠しにしてるかってところでしょう。我南人ちゃん」

「うん」

「三条みのるはご友人でしたよね」

「そうだよぉ」

「彼はどういう男ですかね。恋をして、それを、自分の立場を理解して黙っていられる男かどうか」

うーん、と、我南人は考え込みました。

「北ちゃんはぁ、真面目だよぉ。芸能界にスカウトされて入ったっていうのもぉ、実は家のためだからねぇ」

「家のためですか？」

そんな話は初耳でしたけど。我南人が頷いて続けます。

「これもぉ、秘密っていうかぁ僕らしか知らないと思うよぉ。北ちゃんの家は表沙汰にできない借金が凄かったんだぁ。よくわからないけど、親類関係も含めてねぇ。そんなときにスカウトの話があってぇ、手っ取り早く稼ぐにはそれがいいかなって」

「本当か。そんな裏話があったのか」

「その借金をある程度ぉ、事務所が肩代わりしたとかってぇ話も聞いたなぁ。でもぉ、そんなのはもう返しちゃったぐらい北ちゃんは稼いでいるよねぇ」

それはわかりませんけれど、北ちゃんが大人気の男性アイドルであることは間違いありません。それこそ、結婚なんてなったら熱狂的なファンが自殺してしまうんじゃないかと思うほどに。

「そういう男なら激情に任せて暴走なんかはしないでしょうな」

「たぶんねぇ。北ちゃんは頭も良いしぃ」

勘一さんが、さぁて、と腕組みしました。

「こいつぁ、どうするかな。何にせよ本当に駆け落ちまで考えて二人が切羽詰まっているのかどうかを確認したいんだが、海さんよ、秋実ちゃんがキリちゃんに会う方法はあるかい？」

海坊主さんが、ふむ、と頭を捻ります。

「スケジュールは、大丈夫ですね。蛇の道は蛇ですから〈御法興業〉も〈トミプロ〉もタレントの動きはちょいと手を回せば把握できますよ。ただ実際に会えるかどうかとなると難しいですね」

そこで海坊主さん、何かを思いついたように我南人を見て、それから秋実ちゃんを見て、最後にわたしを見ました。

「そうか」

「なんだい、何か思いついたかい」

海坊主さん、にやりと笑います。

「いや、難しく考える必要はなかったですぜ勘一さん」

「と言うと？」

海坊主さん、我南人を指差します。

「〈LOVE TIMER〉はテレビにこそ出ていないけれど、レコードデビューしている立派にメジャーなバンドですよ。我々芸能界の一員で、しかもサチさんはそこのマネージャーさんだ」

今度は秋実ちゃんを指差しました。

「そしてお嬢さんは、ちょいと化粧を施してやれば充分に〈アイドルの卵〉として通用する可愛さを持っている」

「アイドル、ですか？」

秋実ちゃんがびっくりしますけど、それは確かにそうですね。

「歌は上手いかい？」

海坊主さんが訊くと、秋実ちゃんは信じられないぐらいに眼を丸くさせた後に、がっくりと肩を落としました。

「ごめんなさい。あたし、ものすごい音痴です」

「音痴なのかい？」

勘一さんが訊くと、秋実ちゃん本当に情けない顔をします。

「キリちゃんにも言われたことあります。あたしには破滅的なぐらいに音程ってものがないって」

　可哀相ですけど、思わず皆が噴き出しそうになってしまいました。

　破滅的なほどに音程がないんですか。いったいどんなふうに歌うんでしょう。聴いてみたくもなりますが。

　海坊主さんも笑いを堪えて続けます。

「まぁそこはいいでしょう。実際に歌うわけじゃない。俺だって当然ですがね、各テレビ局のプロデューサーに顔繋ぎはできています。ですから、自分の事務所のアイドルの卵を連れてテレビ局を訪問するぐらいは簡単にできるんですぜ」

「そうか」

　勘一さんが、座卓をぽん、と叩きます。

「冴季キリのテレビ出演のスケジュールを確認して、それに合わせて上手いことテレビ局に入り込んで、楽屋ででも顔を合わせるってことか」

「そういうことです。ただしそう簡単じゃないですぜ。あの辺のアイドルのスケジュールは分刻み。込み入った話ができるかどうか。無論、マネージャーもついているでしょう」

「そのマネージャーはあれだろ？　表側の真っ当な人間なんだろう？」

「そうですが、そもそも俺の〈海部芸能〉と〈御法興業〉は規模こそ違えど思いっきり畑が被《かぶ》っているライバル会社ですからね。社長の俺がいきなり冴季キリの楽屋を訪ねたら何事かって警戒されるのは間違いねぇですからね。話がややこしくなってしょうがない」

そういう話になってしまいますよね。でも、そうなると。

「でしたら！」

思わず言いました。

「わたしが行けばいいってことですね？　海坊主さんそういう話ですよね？」

「サチがか？」

「母さんがぁ？」

海坊主さん、にやっと笑いました。

「俺が〈LOVE TIMER〉の我南人とそのマネージャー、そしてアイドルの卵を局に連れて行っても何も問題なし。そこから先は俺抜きで、我南人とそのマネージャー、そしてアイドルの卵が楽屋を訪ねて行っても、〈御法興業〉のマネージャーは不思議がりはしても警戒はまるでしねぇでしょうな」

「なんだったらぁ、僕が冴季キリちゃんのファンってことでぇ、サインでも貰えばいいんじゃないかなぁ」

「そういうこったか」

勘一さんが頷きます。

「あれじゃねぇか？　むしろ我南人を連れて行けば、〈LOVE TIMER〉に近づけて〈御法興業〉のマネージャーさんは喜ぶんじゃねぇか？」

「そうなるでしょう。三条みのるの方はもっと簡単でしょうな。我南人ちゃんが来たって言えば彼は喜んで会うでしょう」

「もちろんだよぉ」

海坊主さんが立ち上がりました。

「そうとなれば、善は急げ。すぐに社に行って冴季キリと三条みのるのスケジュールを調べてきましょう。急を要するんだから二人が同じ番組に出てるところがいいでしょうな。ちょうどいい歌番組の収録があったような気もします。ついでに口が堅くて使えるうちの人間も手配しましょう。何があるかわからんですからね」

「すみませんね。呼び出しといてこんな頼みごとをしちまって」

勘一さんも立ち上がります。

「なに、久しぶりに、あの頃みたいにサチさんと勘一さんと動けて嬉しいですよ。不謹慎でしょうがワクワクしてますぜ」

「あの！」

秋実ちゃんも立ち上がりました。海坊主さんを見て、勢いよく頭を下げます。栗色の髪の毛が揺れました。

「あたしなんかのために、本当にすみません！　ありがとうございます！」

そう言って顔を上げます。

「キリちゃん、本当に、本当に良い子なんです。あたしと同じで親がいなくて、でも歌を歌って暮らしていけるってすごく喜んでいて、だから、絶対に絶対に助けたいんです！　よろしくお願いします！」

海坊主さん、にっこりと微笑みました。

「安心しなさい秋実さん。この海坊主と堀田勘一が組めば、アメリカだって撃退できますぜ」

わたしと勘一さんは笑ってしまいましたけど、我南人と秋実ちゃんはきょとんとしてますね。


キリちゃんと北ちゃんのスケジュールがわかり次第、海坊主さんは電話をくれると言ってました。もちろん、自分も力になれるように駆けつけると。今はカタギの社長さんとして忙しいでしょうにありがたいです。

「しかし、と、なると、しばらくは何もすることはねぇか」

そういうことです。

「秋実ちゃんは、落ち着かないでしょうけど、とにかくじっとして足を治すことですね。ひょっとしたら明日にも、いえ今夜にでもテレビ局まで行かなきゃならないから」

「はい」

素直に頷きます。若木さんは着替えと制服を持ってきてくれましたけど、下着などはもう少し揃えた方がいいかもしれません。これぱかりはセリちゃんや香澄ちゃんに借りるわけにはいきませんからね。

「わたしはちょっと秋実ちゃんの日用品なんかを、買いに行ってきましょう。秋実ちゃん、後で何を買えばいいか二人で話しましょうね」

「僕はぁ、皆に招集掛けてぇ、話をするよぉ」

我南人が言いました。

「トリとボンとジローにか?」

「そう、〈LOVE TIMER〉として動くんなら、あいつらがいた方がいいし、いざってときに頼りになるし、何よりも北ちゃんが絡んでいるんだからねぇ。皆も心配するしさぁ」

そうだな、と勘一さん頷きます。

「秋実ちゃん、いいかい? なるべく話は広めねぇ方がいいんだが、あいつらは信用できるし、そもそも秋実ちゃんを助けたのはあいつらも一緒だしな」

「はい、もちろんです」

大丈夫でしょう。きっと皆も秋実ちゃんの力になってくれます。

「あ、それとよ」

勘一さんが、言います。

「今更だけどよ、ほら、さっきは若木さんに我南人と恋仲で云々とかにしちまったけどな」

秋実ちゃん、ちょっと恥ずかしそうに微笑みます。

「ねぇとは思うけどよ、もしも事情を知らない我が家にやってくる連中と会って、何でうちにいるかを話さなきゃならないときはよ、そうさな、我南人の婚約者ってことにしとけや」

「婚約者ですか！」

秋実ちゃん、眼を丸くして驚いて我南人を見ます。

「親父ぃ」

珍しく我南人も苦笑いしながら恥ずかしげな顔をしましたよ。

「芝居だよ芝居。おめぇ、我南人、今もしも祐円が入ってきてこちらのお嬢さんは誰だ紹介しろよって話になったら何て説明するよ。うちには祐円の知らねぇ親戚なんかいねぇぞ」

「あー、それは、そうだねぇ」

確かに、祐円さんは我が家の家庭の事情は全て把握しています。そして一日に一回は我が家にやってきますし、ご近所の皆さんもお店にちょくちょく顔を出しますからね。

「まぁ高校生だってのは、秋実ちゃんは大人っぽいから卒業したばかりってことで隠せばいいやな。この度婚約することを決めて、俺らに紹介するために連れてきてついでに二、三日泊まるんだってことにしとけば話が早いし、そういう目出度《めでた》い話なら誰も細かいところまで疑わねぇしでいいやな」

それは確かにそうでしょうけれども。

「秋実ちゃんもよ、そんな感じで話を合わせてくれや」

「あの、でも」

秋実ちゃん、少し困った顔をします。勘一さん、我南人を指差して笑って言います。

「まぁ芝居でもこんな男と婚約ってのは嫌かもしれねぇけどよ、我慢してくれや」

「嫌じゃないです」

秋実ちゃん、慌てて手を振りながら言いましたね。

そうですか、嫌じゃないんですね。

「嫌じゃないですけど、あたし、そのもしもそんなふうに我南人さんの、堀田さんの親しい人たちに説明して、親は何をやってるかなんて話になったら、親のいない子供だからって」

「そこはまぁ嘘をついてもしょうがねぇさ。婚約と年齢以外は本当のことを言えばいい。上手な嘘ってのはな、事実の中に少しだけ嘘を混ぜるのがいちばんいいのさ」

「でも、あの」

何でしょうね、秋実ちゃんが何とも言えない表情をして、わたしたちの顔を見ます。

「なんだい」

「あたしは、その、この家に相応《ふさわ》しくない立場っていうか、生まれっていうか、後で嘘だったんだってことにするにしても、堀田さんのお家が困るようなことになるかもしれないから」

思わず勘一さんと顔を見合わせました。我南人も、少し唇を引き締めましたね。もしかしたら秋実ちゃん、自分の出自のことを気にしていたのですか。

勘一さんが、一度息を吐いて、優しく微笑みます。

「秋実ちゃんよ。お前さんは確かに親のいねぇ子供かもしれねぇ。だけどよ、それがなんだってんだ。親がいねぇのはお前さんのせいじゃない。そして、こうして立派に頑張ってるんじゃねぇか。友達のために身体張って一生懸命になれる良い子に育ってるじゃねぇか。何を恥ずかしがることがあるってんだ」

「そうだよぉ」

我南人が言って、ひょいと手を伸ばして、秋実ちゃんの頭を撫でて、肩を軽く叩きます。

「ぜんっぜん相応しくないことなんかないよぉ、もしも本当に秋実ちゃんがお嫁に来てくれたってぇ大歓迎だよぉ。うちは賑やかなことが好きだからねぇ」

「賑やか？」

秋実ちゃんが恥ずかしそうに笑みを見せて、でも小首を傾げます。

「賑やかじゃないかぁ。だって秋実ちゃんには妹や弟が全部で十何人もいるんだろうぉ？　僕はきょうだいがいないからぁ、君と結婚してそんなにいっぱいできたら本当に嬉しいよぉ」

くいっ、と秋実ちゃんの頭を引き寄せ頬を寄せて我南人が笑顔で言ってすぐに離れます。秋実ちゃん、頬が一瞬にして真っ赤になってしまいました。

今、母親としても一人の女としてもわかったような気がします。

何故この我南人が女の子にモテるのか。

こんな台詞《せりふ》と態度を何のてらいも嫌味も計算もなく、ごく自然に少年のように素直にさらりとやってしまうんですねこの男は。

一体誰に似たんでしょう。勘一さんはこんなことはできませんから、ひょっとしたらお義父さんかもしれませんね。

それはそれとしても、秋実ちゃん、恥ずかしそうに頷いて納得してくれたようですけど、どこかまだその瞳に陰りがあるような気もします。

気のせいでしょうか。

第Ⅱ章　Can't Help Falling In Love

一

「あら？」

　必要なものを買ってきて家に戻ると、お店が開いていて、秋実ちゃんが帳場に座っていました。

「お帰りなさい」

「どうしたんですか？」

　勘一さんはその後ろで、座って仕事をしていました。見れば秋実ちゃんも古本を整理していたようですね。

「なに、じっとしてんのも退屈だろうし、かといって歩き回れねぇしな。だったらそこに座って古本の整理でもしてもらった方がいいだろうってな」

「あらまぁ」

秋実ちゃん、にっこり笑います。

「大丈夫です！　すっごく楽しい」

本好きって言ってましたものね。

「そしてサチ、海さんから電話があったぜ。さすが仕事が早い」

「何て言ってましたか？」

勘一さんがメモを取り出しました。

「今日は冴季キリも北ちゃんも、テレビ局での収録はなしだ。キリちゃんはラジオ出演と雑誌の取材とレコーディングで一日中駆けずり回っている。残念ながら海さんがひょいと俺らを連れていける場面はないってよ。北ちゃんも同じだな。ラジオ出演の後はテレビドラマの収録でずっと撮影スタジオ」

忙しそうですね。さすが二人ともトップアイドルです。

「だが、上手い具合に明日がチャンスだそうだ。歌番組の収録で二人とも同じ時間にテレビ局に入っている。録画の番組だしリハーサルの時間も長いしで、楽屋に訪ねていけるチャンスは充分にあるそうだぜ」

「二人が局に入る時間は、何時なんですか？」

「午前十時だな。だから、朝飯終わった頃に海さんが迎えに来るってさ」

秋実ちゃんを見ると、頷いていました。

「では、わたしが我南人たちと秋実ちゃんを連れて、ですね」

「そこだけどよ。やっぱり海さんは〈海部芸能〉の社長として運転手付きの車で行かないと体裁として拙いってんでな。乗れるのは海さん入れて四人だ」

なるほど、確かにそうなりますね。

「すると、海坊主さんに秋実ちゃん、我南人にわたしでちょうど四人ですか」

「そういうこった。ちょいと悔しいが俺と〈LOVE TIMER〉の連中はここでお留守番だ。テレビ局の周りをうろうろして顔を知られても面倒だしな。なに、海さんがついてりゃあ心配ねぇ」

そう思います。そうなると今日は本当にこのまま家でゆっくりですね。そう思ったときに、りん、とお店の戸の鈴が鳴りました。

「よう、おはようさん」

入ってきたのは祐円さんとお向かいの畳屋のご主人、常本さんです。

祐円さん、上げた手をぴたりと止めて、帳場に座っている秋実ちゃんを見てちょっと驚きました。

「お？　見慣れない可愛い子がいるね」

常本さんも、おや、という表情を見せます。これはもうどうしようもないですね。

「どうしたい二人揃って」

勘一さんも少し顔を顰めながら言います。祐円さんが帳場の脇に、常本さんは帳場の前の丸椅子に座ります。

「いや、赤月さんのところの件よ」

祐円さんが言います。

「見舞いに来た勘一に話したらすっかり安心したらしくてさ。すぐって話じゃないが、資材関係の置き場にして道路を塞いじまうのは拙いだろうから、常ちゃんところと勘一んところの玄関脇の小道があるじゃないか。ところで話は途中だけど勘一、この子はどなただい」

祐円さんはニコニコしながら秋実ちゃんを見ました。神主さんのくせに可愛い子には眼がないですよね祐円さん。

勘一さん、むぅ、と、頷きます。

「実はな、いやまだ皆に広めてもらうのは時期が早いんだけどよ。我南人のお嫁さんになる子なんだよ」

「我南人のぉ？」

祐円さんも常本さんも驚きます。

「それはお目出度い話ですね。いよいよ我南人くんも結婚ですか！　いや可愛らしいお嬢さんだ」

　常本さんが笑顔で言うと、秋実ちゃん、笑顔を作って、背筋を伸ばします。

「ありがとうございます。鈴木秋実と申します。あの、よろしくお願いします」

　ぺこんと頭を下げます。祐円さんが何ですかいやらしい笑いをしますよ。

「秋実ちゃんかい。こりゃあ本当に別嬪《べっぴん》さんだ。でも、いや我南人もまだ若いけど秋実ちゃんはいくつなんだい」

「はい、十九歳になりました」

　十九歳！　と、二人揃って声を上げます。

「いったいどこで我南人と知り合ったんだい？　あ、ファンの女の子か」

　畳みかける祐円さんに、勘一さんが言います。

「秋実ちゃんよ。こいつは俺の幼馴染みの神主なんだがこの通り女癖が悪くてよ。いいかい、しばらくの間はこいつに話しかけられても答えなくていいからな」

「なんだよ人を変態みたいに。そんなことはないからね秋実ちゃん」

　秋実ちゃん、くすくす笑っています。

「まぁよ、まだ結婚は先の話なんだよ。今回はたまたま、いろいろあってな。二、三日うちに泊まっていくことになったからこうやって店の仕事を教えていたんだ。常ちゃんもよ、正式に決まったらお披露目するからよ、それまでは皆には黙っていてくれよ」

「了解ですよ」

常本さんは真面目な方ですからね。

「で、祐円よ」

「なんだい」

「なんだいじゃねぇよ。おめぇも皆にわざわざ広める必要はねぇからな」

「神主がそんなに口が軽いと思うかい」

「思ってるよ。で、要するに俺んところと常ちゃんのところの小道に赤月さんが改装するときの資材を分担して置いときゃあ、皆が平和になるからその時はよろしく頼むってことなんだろ？」

「そういうこった」

そういうことなのですね。わかりました。

じゃあよろしくな、と、祐円さんは秋実ちゃんに手を振って帰っていきます。常本さんは本当にお向かいさんなので、お家に入っていくところまで見えます。

秋実ちゃんが見送りながら、どこか嬉しそうにしていました。

「騒がしいでしょう神主さんなのに。いつもああいう感じなのよ」

言うと、秋実ちゃんニコニコしながら首を少し動かしました。

「いいえ！　楽しいです。羨ましいです」

「羨ましいってか」

はい、と、秋実ちゃん頷きました。

「あたしの施設の周りはお店なんかなくて、普通の住宅街なので。こんなふうにいろんなお店の人がすぐ近くにいたり、神主さんが遊びに来たり、そんなことはないから、なんか嬉しいです」

勘一さんと二人で顔を見合わせて、頷き合いました。そうでしょうね。ここら辺りは商店街が近くにあって、住宅と小さなお店とが入り交じり繋がり合う町です。騒がしいことも多いのですが、楽しいと感じる人もいるでしょう。

今夜中にいろいろと準備しなきゃならないものもあるかと思い、少し秋実ちゃんとお話ししようと思ったときに、お店の戸が開いて今度は我南人が帰ってきました。

「ただいまぁ」

後ろにはトリちゃんたちもいますが、何故かミカちゃんも大きな荷物を抱えて入ってきました。どこかで一緒になったんでしょうか。

「お帰りなさい」

秋実ちゃんが言います。トリちゃん、ジローちゃん、ボンちゃんも秋実ちゃんに向かって手を振ったりしてます。

「親父様！　また来ちゃいました！」

ミカちゃんが相変わらず元気に言います。

「来るのはいいけどよ。なんでまたこんなときに」

勘一さんが我南人に言うと、我南人は掌をひらひらさせます。

「だってぇ、秋実ちゃんをアイドルの卵にするんだよねぇ。化粧だって衣装だって必要だろう？　ミカだったらそういうのはお手の物だよぉ、ステージ用のものは全部自前で揃えているんだからねぇ」

なるほど、と、頷いてしまいました。確かにそうです。

「どこで誰が見てるか、そして何が起こるかわからないよねぇ。秋実ちゃんにはぁ一夜漬けだけどぉ、少なくとも歌うことが得意な女の子になりきってもらわなきゃあねぇ。その辺もミカにいろいろ教えてもらうよぉ」


何にも考えていないようでちゃんと考えているみたいです。我南人は、秋実ちゃんの事情はミカちゃんには話していませんでした。

とにかくわけありの女の子で、芸能事務所に所属しているアイドルの卵のふりをさせなきゃならないので、協力してほしいと頼んだそうです。それで納得してくれるミカちゃんも、やっぱり音楽仲間なんですよね。

足に負担は掛けられないので、仏間の襖を閉めてわたしとミカちゃんと秋実ちゃん、三人で籠ります。ここにはお義母《かあ》さんが遺した鏡台も姿見もあるので着付けなどをするのにはちょうど良いんです。

「いいわ！　秋実ちゃんスタイルいい！　なんか運動やってた？」

「いや、別にやってないんですけど」

「身が軽いのよね。トンボ切れるぐらい」

「それすごい！　ステージでやったら受けると思う！」

ミカちゃん随分嬉しそうにしています。案外ミカちゃんはこういうことが好きなのかもしれません。

「化粧はしたことあるよね？」

秋実ちゃんを鏡台の前に座らせてミカちゃんが訊きました。秋実ちゃん、いやぁ、と恥ずかしそうに笑います。

「全然したことなくて」

「うん、ぜんっぜんお化粧の必要ないぐらい肌もきれいで全体に可愛いけどさ。ステージの化粧のポイントはね、普段より派手に見せること。派手に見せるってことは、目元と、口元。基本だよね。アイラインと口紅の選び方で遠いところからもくっきりはっきりわかるんだ」

「ミカちゃん、でも今回はステージ用のお化粧は必要ないと思うけど」

「あ、そうか。なら、単純におめかし用だね」

　お化粧の道具がびっしり詰まったケースをミカちゃんが持ってきていました。そういえばミカちゃんたちのバンドのステージは派手ですものね。バックの男性たちもお化粧をしているぐらいですから。

「ちょっとやってみるから、やり方見ててね。自分で簡単にできるからさ」

「はい」

　秋実ちゃんの隣に座って、ミカちゃんがお化粧をしてあげます。

「あたしはさぁ、我南人とは高校の頃からの付き合いなんだ。あ、頭動かさないでね」

「はい」

「ずっとさぁ、あいつらと一緒にコンサートとかステージやってきてさ、本当は我南人と一緒のバンドでやりたかったんだけど、あいつはさらっと外すんだよね」

「外す？」

「あたしはさ、我南人のバックコーラスでも何でも良かったんだけど、そうじゃないって。ミカはもっと遠くへ行ける女だってね。絶対に一緒に歩いたりしないよってさらっと言うのよ」

　ミカちゃんから我南人とのこんな話を聞くのは、わたしも初めてです。いつもご飯を一緒に食べるときの賑やかなミカちゃんしか知りません。

「そういうのってさぁ、フラれてるも一緒でしょ？　わかるでしょ？　いやわかるんだよね。あいつは、我南人はさ、優しいんだけど、それは強い優しさなんだよ」

「強い、優しさ」

秋実ちゃんが小さな声で繰り返しました。

わかるようなわからないような。ミカちゃん、ちらっとわたしの方を見て恥ずかしそうにしました。

「サチさんの前でこんな話するの、何なんですけど」

「いいえぇ。もっと悪口を言ってもいいのよ」

あはは、と、ミカちゃん笑います。

「秋実ちゃん」

「はい」

「我南人がね、女の子のために、周りの女に何かを頼むのなんてきっと生まれて初めてだよ。びっくりしたもん。それもさぁ、何にも理由を訊かないでただ協力してくれなんて、なんて言うかさ、生身のままでぶん殴ってもいいからみたいにさ」

少し難しい、ミカちゃん独特の言い回しですけど、言いたいことは何となくわかります。

我南人は確かに何にも考えていないような男ですけど、自分の世界をきっちりと持っ

ているんじゃないかと言いたいんでしょ
ている男ですよね。今回のような頼みごとは、その世界の壁のようなものを外している
と言いたいのでしょう。

つまり、それだけ、秋実ちゃんを大事に思っているんじゃないかと言いたいんでしょう。ミカちゃんは、そう感じたってことですね。

秋実ちゃんも、ミカちゃんの言いたいことを何となく理解したのでしょう。何も言わずに、ただ唇を引き締めました。

大勢になったので、お昼ご飯は冷蔵庫にある使ってしまいたい野菜や魚肉ソーセージなどを天麩羅《てんぷら》にして、あとはお蕎麦を茹《ゆ》でて大皿に盛って皆でつっついて食べることにしました。

普段はわたしと勘一さん二人きりのことが多い昼間ですが、また賑やかになったのでノラと玉三郎がうろうろとしています。

ノラはかまってもらうのが好きな人懐こい猫なので、皆の間をひょいひょいと動き回ります。玉三郎はそれほど人懐こくもないのですが、ノラとは仲良しなのでいつも一緒にいたいんですよね。抱っこされたりするのを渋々ながら許して、ノラと一緒にいます。

古本屋は忙しい商売ではありません。もちろんそれなりにお客様が店内にいることも

ありますけど、大抵の時間帯は誰もいないことが多いのです。それに我が家は帳場のすぐ後ろが居間ですからね。勘一さんも上座に座って、皆で昼ご飯です。

「ミカの奴は帰ったのか？」

勘一さんが見回して言うと、秋実ちゃんが頷きます。

「あ、帰りました。この後スタジオに入るからって」

「あいつらコンサートが近いからな」

ジローちゃんが言います。勘一さんがうむ、と頷きます。

「忙しいのに悪いな。おい我南人、ちゃんと礼を言っとけよ」

「ちゃんと、服も貸してくれたわ。とても素敵なワンピースやコート。ミカちゃん本当に衣装持ちよね」

「わかってるよぉ。大丈夫」

我南人が言いますが、本当にわかっているんでしょうかねこの男は、女の子の気持ちを。

「でも、親父さん」

ボンちゃんがお蕎麦を啜《すす》ってから言います。

「冴季キリと北ちゃんに本当のところを確かめるってのは、たぶん明日で簡単にわかると思うんですけど、その後のことはどうしたらいいんでしょうね」

そこが問題ですよね。トリちゃんもジローちゃんもそうそう、と言います。勘一さんもちくわの天麩羅を食べながら頷きます。

「そこよな。何せ他所様《よそさま》の業界の話だ。俺らが出張って引っかき回してどうにかなるもんじゃねぇしな」

「やっぱりぃ、海坊主さんに何とかしてもらうしかないよねぇ」

我南人が言いますが、そう簡単な話でもありません。

「海さんだっておめぇ、社員抱えた会社の社長さんだぞ。同じ業界の力が上のところと問題起こしたらどうなるかはわかるだろう。甘えるわけにはいかねぇからな」

「イザとなりゃあ、そのキリちゃんと北ちゃんを連れてきて結婚式挙げちゃえばいいじゃないスかね？」

ジローちゃんが言いますが、ボンちゃんがポカリと頭を叩きました。

「そんなことできないからきっと二人も悩んでいるんだろ」

でも、本当にその後のことは問題です。勘一さんの歯切れが悪いのも解決策が見出《みいだ》せないからですよね。

「あれだぞ、皆よ」

勘一さんがジローちゃんたちを見ます。

「こうやって秋実ちゃんのために一肌脱いでくれるのは頼もしいし、いいけどよ、他人の俺らが踏み込んでいいところと悪いところがあるんだ。たとえば北ちゃんにしてもよ、お前たちは幼馴染みでも、北ちゃんの家庭の事情までは詳しく知らねぇだろう」

ボンちゃんが、うん、と頷きます。

「そこが、北ちゃんが僕たちと別れて違う道を歩いた部分ですからね」

「その通りだ。そこんところを無視して俺らが勝手に話を進めちまうのは、それこそ余計なお節介だ」

「でもぉ」

我南人です。

「もしもキリちゃんや北ちゃんがぁ、理不尽なことをされているんだったら無条件に突っ込んでいって助けるよねぇ」

「そいつぁ、あたりまえだ」

勘一さんがにやりと笑います。

「まぁ何はともあれ、二人の話を聞いて事情を確認してからだ。出たとこ勝負であることぁ間違いねぇが、事は慎重に進めなきゃな」

その通りです。

電話が鳴りました。はいはい、とわたしが立ち上がって電話台まで歩いて受話器を取ります。

「はい、堀田でございます」

（もしもし、お昼時にすみません。〈つつじの丘ハウス〉の若木です）

「あら、若木さん」

名前を言ったので、秋実ちゃんが思わずわたしの方を見て、箸を置きました。その顔が（ママ先生!?）って言ってますね。

（申し訳ありません。先程はありがとうございました。あの、秋実はご迷惑をお掛けしていませんか）

「はい、大丈夫ですよ。今はちょうどお昼ご飯を食べている最中でして、お電話代わりましょうか？」

（いえ、実はですね、堀田さん。今回の件と関係があるかどうかはわからないんですが、ちょっとこちらの方でおかしなことがありまして）

「おかしなこと、ですか？」

今度は勘一さんが、繰り返したわたしのその言葉に反応しました。何事かとこっちを見ています。

（それで、あの、心配になりまして、細かいお話は電話では何ですので、本当に申し訳ないんですが、ちょっとこれからまたお伺いして、お話をさせてもらっていいでしょうか？）

「はい、それはもう。いつでも結構ですが」

(それでは、今はもう東京におりまして、あと二十分ほどでそちらに着けると思いますので)

「わかりました。お待ちしておりますので、お気をつけてお越しください」

受話器を置くと、皆がこちらを見ています。

「どうした、若木さんまた来るってか」

「そうなんです」

「何かあったんですか？　あたしに用事ですか」

秋実ちゃんが心配げな顔を見せます。

「それが、わからないのよ。電話ではちょっと話せないのだけど、おかしなことが向こうで起こったみたいで、それが今回のことに関係あるのかどうかわからないので相談したいって」

勘一さんが顔を顰めて、我南人が首を捻りました。

「何かがあったのには違《ちげ》ぇねぇな。面倒なことにならなきゃいいが」

「そうですね」

「あ、そうだ」

我南人がボンちゃんたちに向かって言います。

「若木さんにはぁ、秋実ちゃんの家出の原因は教えてないからねぇ。皆うっかり言っちゃったら駄目だよぉ」

そうでした。それは気をつけませんとね。


そんな気遣いなど無用なのに、若木さんわざわざ百貨店まで出向いて手土産を買ってきてくれました。

でも、秋実ちゃんがそれを見てちょっと喜んでいたので、きっと好きなお菓子なのではないでしょうか。おもたせですけど頂きましょうと皆さんに紅茶を用意しました。

秋実ちゃんの件に関係するなら、皆がいた方がいいということで、トリちゃんもボンちゃんもジローちゃんもそのままです。

若木さんに皆を紹介すると、ちょっと嬉しそうに小さく微笑み、実は、と言いました。

「昨日、皆さんのLPを子供に貸してもらって、改めて聴きました。やっぱり素晴らしかったです」

「ありがとうございます！」

全員が揃って大声で言って頭を下げました。笑ってしまいますね。若木さんもひとしきり笑った後に、勘一さんに顔を向けました。

「それで、お時間を頂いて申し訳ありません堀田さん」

「いやいや、なんてこたぁないです。何かおかしなことがあったって話ですが」

はい、と、若木さんが顔を曇らせます。

「実は、どう考えてもヤクザ者ではないかというような男が、午前中に施設を訪ねてきまして」

「ヤクザ者、ですか？」

訊くと、若木さん、ちょっと慌てたように手を振りました。

「もちろん、人は見かけによらないと言います。刑事さんにだって見かけはまるでヤクザみたいな人もいます。ですから絶対に間違いなくそうだとは言い切れないのですが」

「明らかにそんな雰囲気を漂わせていた男、てぇことですな？」

勘一さんが言うと、若木さん頷きます。

勘一さんが、ふむ、と腕を組みました。

「そいつはなんと？」

「それが、この施設に秋実という若い女の子はいるか、と」

「まぁ」

えっ、と、秋実ちゃんも声にならない声を上げました。我南人が顰めっ面を見せます。

若木さん、続けます。

「もちろんちゃんとしたお問い合わせで身元もしっかりした方でしたら、こちらもどういうご用件かと話を伺うんですが、どなたかと訊いても『身内の者だ、秋実はいるのかいないのか』、と態度が悪いのです。ここにそんな子はいません、帰らないなら警察を呼びますよと突っぱねると、渋々帰っていったのですが」

不安げな顔をして言います。

「今までにそんなことはありましたか？　その、秋実ちゃんのことを訪ねてきたような人は」

訊いてみると、若木さん即座に、首を横に振りました。

「初めてです。もう、お聞き及びかと思いますが、秋実の両親のことは何もわかりません。ただ、服に入っていた刺繍の〈秋実〉という名前だけが、この子についてわかっていることです。今更身内なんて、考えられないんです」

秋実ちゃんが、顔を顰めました。

でも、ただ顰めただけではなく、何かを言いたげなようにも見えます。確かに秋実ちゃんからもそう聞いてはいましたけれど。

勘一さんが、むぅ、と唸ります。

「確かに、昨日の今日でそういう男が訪ねてきたってのは、今回のことに関係してるんじゃねぇかって考えてもしょうがねぇですな」

「そうなのです」

若木さん、頷きます。

今朝方若木さんには、秋実ちゃんの生徒手帳がなくなった、と嘘をついています。そのせいで我南人の過激な女性ファンが施設まで押し掛けるかもしれないと。ですから若木さんがそれのせいかと思っても不思議じゃないですね。

でも、生徒手帳はなくなっていません。秋実ちゃんはチンピラのような男に少し見られたと言っていました。その生徒手帳を見た男が施設に現れたという可能性はなきにしもあらずですが。

「ちょいと待ってくださいよ」

勘一さんがそう言って腕組みし、顎を撫で、天井を向いて何かを考えています。

「秋実ちゃんよ」

しばらく考えてから、勘一さんが優しい声で言いました。

「はい」

「もちろん若木さんがそう言ってるんだから間違いねぇんだろうけど、確認するが秋実ちゃんにも覚えは、心当たりはまったくないんだな？　身内だ、なんて言って施設を訪ねてくるような人には」

秋実ちゃんが、唇を結んでから、ゆっくりと口を開きます。

「心当たりは、ない、です。でも」

何か言いかけます。迷うように、口を閉じました。その様子を、若木さんも少し眼を細めて、秋実ちゃんを見ています。

「でも、とは、なんだい秋実ちゃん」

勘一さんが訊くと、また何か言いかけます。その瞳の中に何かが、揺れていますね。何かを言いたげです。でも。言えないでいるような感じにも見受けられます。

そこで、隣に座っていた我南人が、ぽん、と、秋実ちゃんの肩を優しく叩きました。

「秋実ちゃん、無理しなくていいねぇ。親父ぃ」

我南人が勘一さんに何か言いかけると、勘一さんが、わかってる、というふうにゆっくり頷きました。

「若木さんよ」

「はい」

「どうやら、俺らは、腹ぁ割って話し合わなきゃならねぇことがお互いにあるみてぇですな。いや、ご承知でしょうが、少なくともこっちにはあるんですよ。今回のことで若木さんに嘘をついていたことがね。そいつは謝ります。ところが」

勘一さんが秋実ちゃんを見ます。

「秋実ちゃんにも、そして若木さんにも嘘が、いや嘘とは言い方が拙いですな。俺らにも、そしてお互いにも隠しておいたことがあるみてぇに思えるんですが、どうですかね？」

「どうって」

若木さんが、少し驚きます。でも、さっきから秋実ちゃんの様子を見ていた若木さんも何かがあると思っていたようにも見えます。

「確かに、秋実ちゃんの件でグルーピーがそっちに行くかもしれねぇという話はしました。そのグルーピーとつるんだ変な男も行くかも、とね。それで心配になった、ってのはわかる。しかしですぜ？　それなら電話一本でそう言えば済む話だ。肝心の秋実ちゃんはここにいるんだから安心だ。なのに、こうしてついさっき帰ったのにわざわざまたやってきたってのは、若木さんの中でそのヤクザのように見える男に、何か別のものを感じたからじゃあないですかい？　それで不安になったんじゃないのかい？」

若木さんが、息を呑みました。実はわたしも、そう思いました。どうしてわざわざそれだけを言いに来たのだろうと。

勘一さんが、うん、と頷き、優しく言います。

「若木さん」

「はい」

「何かがあってからじゃあ、遅い。俺らも洗いざらい今回の騒動についてお話しします。その上で、秋実ちゃんの中にあるものと、若木さんの中にあるもの、お互いに面《つら》突き合わせるってのはどうでしょうかね」

下を向いて、若木さんは何かを考えています。秋実ちゃんは、顔を上げてそんな若木さんを見ています。

先に、秋実ちゃんが口を開きました。

「勘一さん、我南人さん、サチさん」

「おうよ」

ふーっ、と、秋実ちゃん一度息を吐きました。

「さっき、あたしは問題児だって言いました。理由は言わなかったけど、そうなんです。学校をサボったり、街をぶらついたり、喧嘩したり、施設の皆に迷惑を掛けることばかり最近はしていたんです」

最近、ですか。

それを聞いて若木さんも顔を上げました。

「それは、堀田さん、確かにそうなんですが、秋実は本当はそんな子じゃないんです。小さい頃から明るくて元気で世話好きで、何をやるにしても皆の先頭に立つお姉さんをずっとやってくれていたんです」

慌てたように言います。勘一さんが頷きます。

「わかりますぜ。なぁサチよ。秋実ちゃんがそういう子だってのは充分わかったよな」

「もちろんです」

この子の根っこにあるものは、そう、まるで太陽のような明るさと強さです。きっと彼女がいるだけで周りにいる人は皆元気になれる。そういうものを心根に持っている子だと思います。

でも、何かが、そこに雲をかけているのです。

陽差しが隠されている。そんな気が初めて会ったときからずっとしています。

「俺らもまだほんの一日ぐらいしか秋実ちゃんと一緒にいませんがね。良い子ですよ。それは十二分に伝わってくる。察するに、秋実ちゃん」

「はい」

「秋実ちゃんがここんところ荒れてしまっていたっていうのは、お前さんの出生に関わることが原因ってことかい？　お前さんは何かあるとずっとそれを気にしてた。ひょっとしたら若木さんがずっと隠していたことを、お前さんが偶然にでも知ってしまったからってことかい？」

若木さん、思わずといった感じで背筋を伸ばし、秋実ちゃんを見ます。

「そうなの!?　秋実、やっぱり、それが理由だったの？」

そう言ってから、若木さん、口に手を当てます。しまったという表情を見せます。秋実ちゃんが溜息をつきました。

わかってしまいましたね。勘一さんの推測が当たっていることを、若木さんも自分で言ってしまいました。

勘一さん、優しく言います。

「若木さん」

「はい」

「赤の他人の俺らが言うな、と怒るかもしれませんがね。良い子ってのはね、周りのことにもよく気を配れる子なんですよ。そういう子に隠し事なんかできやしません。ましてや秋実ちゃんはよく頭も回る子だ。さっき少し古本屋の仕事を手伝ってもらったんですが、まさに一を聞いて十を知るで、もう今日からでもあの帳場に座って仕事を任せられますぜ」

そうでした。そしてそういう子ほど、気を遣って正直になれないで、何かを抱えてしまうものです。

「ママ先生」

秋実ちゃんが、若木さんに向かって言います。

「ごめんなさい」

「何が、ごめんなさいなの？」

「あたし、見ちゃったんだ。夏休み、事務室の大掃除をしていたときに、ママ先生の机の中。わざと見たんじゃないよ。金太《きんた》がモップの柄《え》を引き出しに思いっきりぶつけて、へこんじゃって、それを直そうとしていたときに、引き出しが落ちちゃって、そしたら奥の方にあったそれが出てきて」

若木さんが、溜息をつきました。

二人の間に沈黙が流れます。わたしたちが口を挟まない方がいいですね。ここは、皆がじっと待っていました。

「ひょっとしたらって、思ってはいたの」

若木さんは、そう言います。

「あなたは、何度怒っても、お説教しても、何にも理由を言わない。私はもしやそれを知ってしまったのかと思ったけれども確認することもできないし。でもね、信じていたのよ。どんなに荒れても、あなたは本当に馬鹿なことだけはしないって」

真っ直ぐに、秋実ちゃんを見て若木さんは言います。その瞳に、何かが揺れています。

秋実ちゃんも頷きました。

「あたしのお母さんのこと」

何かを堪えるようにして、秋実ちゃんが言います。

「ずっと、誰も何も知らないって思ってた。でも、ママ先生は、あたしのお母さんからの手紙を持っていた。何通も持っていた。その中に、書いてあった。どうしてお母さんがあたしを捨てたのか、お父さんはどうしたのか、何もかも書いてあって、それで、あたし、もう、何がなんだかどうにもわからなくなっちゃって」

最後は、涙声になりました。

隣に座っていたのは、我南人です。我南人がそっと秋実ちゃんの肩に手を載せます。その手を頭の上に持っていきます。ボンちゃんがきれいなハンカチを出してそれを座卓に滑らせます。我南人が取って、秋実ちゃんに渡しました。

「秋実。全部読んでしまったのね？」

若木さんが訊くと、秋実ちゃんは小さく頷きました。

「私が、堀田さんたちに話していい？　何もかも」

続けて訊くと、秋実ちゃんハンカチで眼を押さえながら、頷きます。若木さんが続けました。

「秋実の親のことは何もわからないとしていましたけど、それは、嘘だったのです」

勘一さんが、頷きます。

「事情があって、隠していた、と」

「そうです。実は、数年前に手紙を貰っていたのです」

唇を少し引き締めて、続けます。

「畑田雪子《はただゆきこ》というのが、秋実の母親の名前です。その母親は、ろくでもない男と一緒に暮らしていたそうです。男は、ヤクザ者だったようです。でも、秋実を授かったのです。ひどい暮らしだったようですが、雪子さんは秋実をしっかりと育てていました。けれども、秋実が二歳になった頃です」

若木さんの身体が少し震えたような気がします。

「何があったのかは、私も手紙で読んだだけです。詳しくは書いていなかったのでわかりません。何かで正気を失っていたのかもしれません。ある夜に、その男は、秋実を、まだ二歳の秋実を、二階の窓から投げ捨てようとしたそうです」

思わず、皆の身体に力が入るのがわかりました。勘一さんが顔を顰めて、怒りを露《あらわ》にしました。

「もちろん雪子さんは、必死で止めました。泣き叫んで身体を掴んでそれを止めようとしました。でも、自分の力では止められないと瞬時に悟り、たまたまテーブルの上にあった果物ナイフで男を刺したのです」

溜息が漏れました。想像する中でも最悪のことが、語られてしまいました。勘一さんも何も言えずにただ拳を握りしめていました。

我南人が、秋実ちゃんの肩を抱き寄せていました。

これを、秋実ちゃんの前で語ることが、どんなに辛いことか、母親であるわたしはよくわかります。

「その、男は、どうなったんですかい」

勘一さんが静かに訊くと、若木さんは首を横に振りました。

「書いてありませんでした。ただ、刺したのだと。そして雪子さんは、警察に自首する前に、秋実を近くの病院に置き去りにしたのだそうです。こんな女が、母親でいていいはずがないと。ですから」

言葉に詰まります。話すのも辛そうです。

秋実ちゃんのお母さんが刺してしまったのは、夫であり秋実ちゃんの父親です。母親と父親が、そうなってしまったのです。

でもその単語を秋実ちゃんの前では言えないのでしょう。

若木さんは、ずっと、男、と言っていました。

「わかりましたぜ」

勘一さんが、静かに言いました。

「その雪子さんは、大変な罪を犯した自分が母親でいるより、いっそ親のいない子供として育った方が、ひょっとしたら施設に入って誰かに貰われて幸せになれるかもしれない。そう思って、その雪子さんは、秋実ちゃんを置き去りにしたってことですかい」

「はい」

そうです、と、若木さんが頷きます。

「そして、雪子さんは刑期を立派に務め終えたんですな？　子供がいたことをひた隠しにして、罪を清算して、そうしてから、どうしても秋実ちゃんのことが気になり、居場所を調べてそっと陰から見守っていたんだ。若木さんにいくつもの手紙を託して。それで、合ってるかい？」

若木さんの眼にも涙が浮かんでいます。

「その通りです」

ひとつ息を吐き、若木さんは続けました。

「刑期を終え、彼女は社会に復帰しました。建設現場の飯場で炊事や雑用をする仕事を得てあちこちの現場で必死で働いていたようです。お給金が入ると僅かな金額ですが必ず送ってきました。小学生になりましたね、秋実に鉛筆を買って勉強させてください。寒くなってきましたね、秋実に暖かいセーターを買ってあげてください。もし秋実のものが充分であるならどうぞこのお金を他の子のために使ってください。そんなふうに手紙を寄越してきました。そのお金は、私が、秋実の名前で通帳を作り保管してあります」

ジローちゃんが、ボロボロ涙を零して泣いていました。この子は子供の頃から涙脆《なみだもろ》い子でしたから。

「お母さんは」

顔を上げて、小さな声で、秋実ちゃんが言います。

「生きて、いないんだよね？」

そう、訊きました。

若木さんは、真っ直ぐに秋実ちゃんを見ます。

「お母さんから手紙が届かなくなってしばらく経ってから、私は探したの。住所なんかまるで書いていなかったので、最後の手紙の消印と仕事内容を頼りに。お母さんは、亡くなっていたわ。原因まではわからない。長年の身体の酷使がたたったのか、現場の宿舎で倒れてそれっきりだったと、そこの会社の人に聞いたわ。四年前のことよ」

ただ、黙って頷くことしかできません。

若木さんが隠し通したのも理解できます。秋実ちゃんがそれを偶然読んでしまって、混乱して荒れてしまったのもわかります。

それでも、わたしたちは今この場では何も言えません。

秋実ちゃんの、しゃくり上げる声だけが聞こえます。

「ひとつ確認だけどね若木さん」

勘一さんが言います。

「はい」

「手紙には、その、男、がどうなったのかは何ひとつ書いていなかったんですな？」

「そうなんです」

若木さんが大きく頷きました。

これでわかりました。

秋実ちゃんが、施設にヤクザのような男が〈身内〉だと訪ねてきたという話を聞いて、昨日のチンピラに結びつけずに、いえ結びつけたのかもしれませんけど、でも、と、口ごもった理由が。若木さんが慌てて飛んできた理由が。

別の可能性を考えたんでしょう。手紙にはその男は死んだとは書いてなかった。つまり、刺されても単に大怪我をしただけで、生きている可能性もあるのです。

手紙を読んでいた秋実ちゃんは、まさか、と思ったんでしょう。

ヤクザ者だと書いてありました。ひょっとしたら、父親が訪ねてきたのではないかと。

若木さんもそう思ったんでしょう。

「お墓はぁ？」

いきなり我南人の声が、響きました。

いつもの通りの、あの喋り方で。

若木さん、少し驚いて我南人を見ます。我南人に手を握られていた秋実ちゃんも横を向いて、我南人を見ました。

「雪子さんの、お墓、ですか？」

「そうですよぉ。そこの現場の人が看取《みと》ってくれたんなら、お墓もどこかにあるんですよねぇ？」

「はい」

若木さんが頷きます。

「会社の方のご厚意で、無縁仏としてそこの現場の近く、愛知県だったのですが、お寺に納められています」

それだけは、救いでしたか。

「じゃあ、秋実ちゃん」

我南人が秋実ちゃんの両肩に手を掛けて、くるん、と回して自分と向かい合わせにしました。いきなりのことに秋実ちゃん、真っ赤になっている眼をぱちくりとさせて我南人を見ます。

「何もかも片づいたらぁ、お墓参りに行こう！　僕も一緒に行くからねぇ」

お、という形に勘一さんの口が開きましたが、何も言わずに閉じました。

「我南人、さんと？」

秋実ちゃんが眼をぱちくりさせて、訊きます。〈LOVE TIMER〉の皆はあぁまたかという顔をするぐらいで何にも驚いていません。

「そうだよぉ、一緒にねぇ。それで、ちゃんと報告しよう」

報告、ですか？

「何を、ですか？」

秋実ちゃん、呆気《あっけ》に取られているような気がします。涙も止まってしまったんではないですか。

「何を報告するかはぁ、終わってから考えよう。僕も一緒に考えるからさぁ。いいよねぇ？」

「あ、はい」

思わずといった感じで秋実ちゃん、頷いてしまいました。確かにお墓参りはいいことでしょうけど、どうしてそんないきなりこの息子は。

「でもぉ」

我南人が皆に向き直って言います。

「とりあえずはぁ、そのヤクザな男のことも気になるけどぉ、まずはキリちゃんと北ちゃんのことからはっきりさせなきゃねぇえ」

そうでした。その通りです。

勘一さんもポン、と膝を叩きました。

二

紅茶を淹れ直しました。空気が変わります。さっきまでどこに行っていたのかわからなかった、ノラと玉三郎が秋実ちゃんの近くに寄ってきていました。秋実ちゃん、笑みを浮かべてノラを抱き上げます。

まず、勘一さんが秋実ちゃんの身に何が起きたのかを、きちんと若木さんに説明しました。もちろん、冴季キリちゃんと北ちゃんの件についてもです。

若木さん、本当に驚いていました。まさか桐子がそんなことを、と。何にも聞いていないし、冴季キリちゃんから何の連絡も入っていない。もちろん事務所の電話番号は知っているけれど、どこに住んでいるかもわからないそうです。

ただ、と、若木さん続けました。

「あの子をデビューさせたいと〈御法興業〉の社長さんが訪ねてきたとき、私は反対しました。どう考えてもその御法さん、お名前も覚えています。御法蔵吉さんは善人とは思えなかったんです。だから、はっきりそう言いました。あなたの様な人になど桐子を任せられないと」

「言ったのかい」

皆で驚きます。若木さんもなかなか気の強い人のようです。でもそうですよね。そうでなければ身寄りの無い子供たちを立派に育て上げることなどできません。

「でも、御法さんは言ったのです。確かに自分は昔は危ないことをやっていた。しかし今はこうして皆に娯楽を提供する健全な芸能事務所をやっている、と。今も危ないことをやっているのなら、大スターが所属しているはずはないと。何よりも、桐子が望んだんです」

「桐子ちゃんはぁ」

我南人です。

「昔っから歌が上手かったたって聞いたけどぉ歌手になりたかったのぉ？」

若木さんは少し首を傾げました。

「歌手になりたいと、それほど強い思いはなかったようですけど、歌は本当に大好きだったんですよ。ですから、本物の芸能事務所に声を掛けられて一気に何かが膨らんだようです。あの子の親は、同時に亡くなっています。親戚にも恵まれずに施設に預けられたのです。そういう自分の境遇を何もかも吹き飛ばすには、これしかないと思い込んだようです」

秋実ちゃんも頷きました。そんなふうに考えるのは無理もありませんね。若木さんは、顔を顰めます。

「あの子の将来のためなら、と、施設を出て〈御法興業〉のお世話になることを許しました。もちろん、あの子の人生はあの子のものですから、私たちが強制することなどできません。でも、ずっと考えていました。何かあったらどうしよう、と」

「その御法蔵吉ってのは信用できねぇ、という思いを若木さんはずっと持っていたんですな」

そうです、と、頷きました。

「さて、そうするってぇと、だ」

勘一さんがお茶を啜ってから言います。

「頭っからそのヤクザ者ってのを考え直してぇところだが、我南人、何か言いたそうだな」

我南人が頷きました。

「まず、はっきりさせておくねぇ秋実ちゃん」

「はい」

「君のお父さんはぁ、ヤクザ者だったぁ。そして、行方はさっぱりわからない。今の今まで何の連絡もなかったんだねぇ」

秋実ちゃん、唇を真っ直ぐにして頷きました。

我南人が大きく頷きます。

「その話を聞くまではぁ、秋実ちゃんの生徒手帳を見た昨日のチンピラが、施設の住所を覚えていて秋実ちゃんをわざわざ探しにいったっていうのはピンとこなかったんだよねぇ」

「どうして？」

　トリちゃんです。

「だってぇ、たかが芸能事務所に忍び込もうとした若い高校生の女の子だよぉ。そんなめんどくさいことまでして追いかけるぅ？　追いかけないよねぇ何の利益もないのにぃ。捕まえて警察に突き出すぅ？　しないよねぇ自分たちが危ない人なんだからぁ。可愛かったからスカウトしようとしたぁ？　それならちゃんとしたスカウトマンを送るよねぇ。高圧的に身内だなんていきなりそんな話はしないよねぇ」

　その通りです。若木さんも大きく頷いています。

「そもそも最初っから不思議に思っていたんだぁ。どうして秋実ちゃんはあんなにチンピラに追いかけられたのかなぁって」

「そうか」

　ボンちゃんが頷きます。

「忍び込もうとしたのが、たとえば中年の怪しい男だったらともかくも、若い秋実ちゃんみたいな子をそんなにしつこく追い回すのはおかしいよね」

「そうなのさぁ。逃げていったからしょうがねぇまぁいいかどうせ誰かの熱狂的なファンだろほっとけほっとけ、ってなるよ普通はぁ。めんどくさいもん。だから、向こうには追いかけた特別な理由があるのかなぁって思っていたんだけどぉ、秋実ちゃんたとえば高価そうなものを壊すとかそんなことしたぁ?」

ぶるんぶるん、と首を横に振りました。

「してないよ。ただ裏口から忍び込もうとしただけ。事務所に行けば、キリちゃんが住んでいるところの住所はどこかに書いてあるんじゃないかって」

「そうでしょう? だから、若木さんの話を聞いて、追いかけられた理由っていうのがようやくピンと来たんだぁ」

我南人が、うん、と頷きます。

「さっきの秋実ちゃんの両親の話を聞いて考え合わせるとぉ、秋実ちゃんの父親が生きていて、そいつが、昨日秋実ちゃんを追いかけた男だったって可能性は充分にあるよねぇ」

皆がそう思っていましたが、我南人がきれいに整理しましたね。とんでもない偶然ですが、可能性としては確かにあります。

「でもぉ」

我南人が続けました。

「そんなすごい偶然よりもぉ、秋実ちゃんの父親はヤクザだったんだから仲間がいたよねぇ。奥さんのこともぉ、そして子供の名前は〈秋実〉だってのもぉ、覚えていた仲間がいても全然不思議じゃないよねぇ。そうして、もしも、秋実ちゃんがとっても母親似だったとしたらぁ、二歳の頃にもうそっくりだったとしたらぁ、その仲間だった男が秋実ちゃんを見て思い出したとしてもおかしくないよねぇ」

秋実ちゃんが思わず背筋を伸ばしました。

勘一さんが、頷きます。

「ありえねぇ話じゃあねぇな。むしろそっちの方がしっくりくる話じゃねぇか」

顎をごしごしと擦って続けました。

「その父親の仲間が今は〈裏御法〉にいた。そしてたまたま忍び込もうとした秋実ちゃんを取っ捕かまえた。可愛い女の子だと思っただろうよ。名前を見て、昔の記憶が突然に甦《よみがえ》った。顔を見て母親の顔が浮かんできたかもしれねぇ。これは、と思っただろうよ。ひょっとしたらこれは〈裏御法〉の金蔓になるんじゃねぇか。ならないまでも、あの可愛い子を何の金もかからずに手に入れられるんじゃないか。中年のスケベなヤクザ野郎がそう思って、施設を訪ねても不思議な話じゃねぇ」

若木さんが大きく頷きました。

確かに、どちらもすごい偶然ですが、どちらの可能性もあります。

でも、今の段階では仲間のヤクザではないかとしておいた方が、秋実ちゃんの心の負担にはならないでしょう。勘一さんも若木さんもそう考えているのです。

「秋実ちゃん」

勘一さんが呼びます。

「はい」

「その生徒手帳を見た男ってのは、年の頃はわかるかい」

秋実ちゃん首を傾げます。

「若くはないと思うけど、よく覚えてなくて」

「俺、わかるぜ！」

ジローちゃんです。

「三人いた男の中で、一人だけ中年だったさ。俺が相手した奴。もしも、我南人の言うような男の年齢を考えれば、あいつだよ。他の二人は若かったもんな？」

「そうそう」

ボンちゃんも言います。

「間違いないです。一人だけ、四十代って感じでした」

「年の頃は合うな」

勘一さんが頷きます。秋実ちゃんの年齢を考えると、お父さんお母さんが生きていれば若くても三十代後半から四十代でしょう。お仲間の方もそれぐらいの年齢かもしれません。

「〈身内〉って言葉を使ったことからも考えれば、我南人の想像通り仲間のヤクザだったと考える方が今はいいだろう。そうなるってぇと」

うーん、と、勘一さん考えます。

「〈御法興業〉に出入りしている危ない連中に関しちゃあ、海さんにお願いするしかねぇな。とりあえず電話して、その中年の男の当たりをつけてもらうしかねぇ」

「そうでしょうね」

わたしたちにはどうすることもできません。

「差し当たって、そいつがまたしつこく〈つつじの丘ハウス〉に現れても面倒だな」

「あ、俺らが行きますよ！」

ジローちゃんが手を勢い良く上げました。

「おめぇらが？」

「だって、そいつの顔を見てるの俺たちだけって可能性が高いじゃないスか。俺とボンとトリででも〈つつじの丘ハウス〉に泊まり込んで見張ってるよ。若木さん！」

「はい!?」

「俺ら三人ぐらい泊まるところないっスか!?　ありますよね!?」

「あ、えぇっと、何とかはなりますけれど」

「じゃあそれでオッケー！　現れたら取っ捕まえますよ！　こっちは我南人と親父さんがいるから大丈夫でしょ！」

勘一さんが苦笑いします。

「おめぇは本当に気が早いっていうか。まぁしかし今のところ最善策はそれか」

いくら我南人の幼馴染みで、わたしにとって親戚の子供たちみたいなジローちゃんたちであっても、危ないことを頼みたくはありません。二十歳過ぎて社会人として働いているとはいえ、もしも怪我でもさせてしまったら向こうの親御さんたちにも顔向けができません。

何よりこの子たちには、この子たちの音楽を心待ちにしているたくさんのファンがいるんです。

ですが致し方ないですね。こうなってしまってはわたしが言っても言うことを聞く子たちじゃありません。

「お願いだから、危険なことはしないでくださいよ。何かあったらすぐに警察を呼ぶんですよ。施設には子供たちもたくさんいるんですからね」

「わかってます」

ボンちゃんが言います。

「十二分に気をつけます。秋実ちゃんの大事な家なんですからね」

〈LOVE TIMER〉の皆は若木さんと一緒に〈つつじの丘ハウス〉に向かいました。

海坊主さんに連絡を取ると〈裏御法〉と言われているところに出入りしている人間は大体は把握できるので、さっそく調べてみるとのことでした。それから念のためにと、〈つつじの丘ハウス〉にも若者たちが暴走しないように、そっと一人見張りをつけると言ってくれたそうです。ありがたいです。海坊主さんが信頼する人であれば、表にも裏にも通じた人でしょう。

夜になって、拓郎くん、セリちゃん、香澄ちゃんも晩ご飯を食べにやってきました。ここに来てこの三人に何も教えないわけにもいきません。何よりも、何かがあったときに対処しづらくなります。

信用して、もちろん秋実ちゃんにも了承を得て、ご飯を食べながら今のところこういう話になっているんだと説明しました。

セリちゃんが、香澄ちゃんが、秋実ちゃんの境遇に眼を潤ませていました。

「じゃあ、明日テレビ局に行って、ですか」

拓郎くんが言います。

「そうだな」

そこで二人に話を聞けば、ある程度、この先どうしたらいいかの目処《めど》を立てることもできるでしょう。

「明日は講義がないです。僕たちもずっとここにいますよ。何かあったら手伝えるように」

「おう、すまんけど頼むわ。結局、明日は俺一人がここに残る貧乏くじを引いちまったからな」

そうなのですよね。〈LOVE TIMER〉の皆が向こうに行ってしまったので、わたしたちがテレビ局に行くと勘一さん一人きりです。

「大丈夫です!」

セリちゃんがわたしに言いました。

「ご飯の支度は全部やりますから!」

「わたくしも手伝います」

香澄ちゃんも、大きく頷いてくれました。ありがたいです。わたしも心置きなくテレビ局に向かえるというものです。

勘一さんと我南人と拓郎くんがお風呂から上がった後、まだ捻挫のところが痛んで自由にならない秋実ちゃんのことをセリちゃんと香澄ちゃんにお願いして、一緒にお風呂に入ってもらうことにしました。

行こう行こう、まだあんまり歩かない方がいい、とセリちゃん香澄ちゃんが両側から秋実ちゃんに肩を貸して抱えて、三人で楽しげにわいわい騒ぎながらお風呂に向かいます。

若い女の子が仲良く賑やかにしているのを見るのはとてもいいものですよ。こっちの気持ちもどこか浮き立ってきます。こんなときには、うちに女の子がいても良かったなぁとちょっと考えます。

拓郎くんが先に〈曙荘〉へ戻ったと同時に玄関が開く音がして、海坊主さんがやってきました。先程、ちょっと寄るという電話があったのですよね。

「すみませんねわざわざ」

勘一さんが迎えます。

「いやぁ何てことはないですぜ」

スーツ姿の海坊主さんが大きな身体をよっこらしょ、と揺すって座ります。

「お嬢さんは？」

「お風呂に入っていますよ。近くの下宿の学生さんと一緒に」

あぁ、と、海坊主さんが頷きます。

「〈曙荘〉の大学生のご飯を作っているんでしたね。ここは昔から賑やかになるのが宿命みたいなところでさぁね」

よね。

ジョーさんと十郎さん、マリアさんが一気に三人ともアメリカに行ってしまって淋しくなった時期もありましたけど、すぐにまた色んな人が出入りして賑やかになりました

「まったくだよ」

本当に、その方がいいです。大勢の人の声がいつも聞こえているような家が。

お茶をお出しすると海坊主さん、一口飲んで煙草に火を点けます。

「それで、勘一さん、我南人ちゃん。その秋実ちゃんを追いかけた〈裏御法〉らしきヤクザ者の話なんですがね」

「おう、もうわかったんですか。さすがだね」

海坊主さん、頷きます。

「なに、調べるまでもありません。そもそも〈御法興業〉とつるんでいるのは〈集英《しゅうえい》組〉っていうところでしてね。そこから分かれていわゆる〈裏御法〉があるんで、入れ替わりはあるものの、大方の人間は変わっていませんや。その辺は界隈の人間なら誰でも知ってる話です」

なるほど、と、頷きながら勘一さんも煙草に火を点けました。紫煙がゆっくりと流れていきます。

「その、秋実ちゃんの父親だった男ですが、山坊主の野郎にも確認してもらいました。

十五、六年も前のことですが、女に果物ナイフで刺された情けねぇ男は確かにいたってんで覚えている古い連中もけっこういたそうですぜ。間違いなく、そいつも〈集英組〉のヤクザもんでした」
　勘一さんの眼が細くなりました。

「繋がったってことかい」

「そういうことです」

「その男はぁ？　今は？」

　我南人が訊きましたが、海坊主さんは首を横に振りました。

「それは、はっきりしないんですよ。組からいなくなったのは確かなんですが、おっ死《ち》んだのかどっかへ行ったのかはわからないそうです。正直、揉め事を起こした奴がいなくなるなんてのは、まぁよくある話なんでね。察するところ幹部とかじゃない下っ端だったんでしょう」

　勘一さんも頷きました。それは手紙に書いてあった、生活に苦労していたことからも推察できますね。

「なので、名前とかは〈集英組〉に直接渡りを付けないと調べられません。しかしそれをやっちまうと、何を昔のことを探ってるんだと腹探られて、厄介なことになりかねないんで今はまずいかな、と」

「もちろんだ。そこまで迷惑掛けられねぇよ」

「すみませんね。ですが、はっきりできる可能性もあります。今の〈裏御法〉にいる中では、前に言いましたが中島っていう〈法末興業〉のプロデューサーが、その当時そいつと一緒に〈集英組〉にいたっていうのはわかりました」

「あの関わりたくないって言ってた男かい」

「そうです。当時はそれこそそいつとツルんでいたそうですよ。その辺は裏が取れました。昔の兄貴分が女にナイフで刺されたってのを、酒の上の話としてよくしていたそうです。中島はたぶん四十ぐらいの年のはずです。弟分だったっていうんですから、日頃から一緒に行動して、よく知っていたはずです」

むぅ、と勘一さん唸ります。

「当然、秋実ちゃんのお母さんである雪子さんと、そして赤ん坊の秋実ちゃんのことを知っていても、だな」

「まず、間違いなく」

海坊主さんも頷きます。

「状況からして、その中島が事務所に忍び込もうとした秋実ちゃんを捕まえて、追いかけた男なんでしょう。〈つつじの丘ハウス〉に行った男が中島かどうかはわかりませんが、それも奴を締め上げればわかるんじゃないですかね」

「そうだな」

「しかしまぁ」

少し息を吐いて、海坊主さんが縁側の向こうに眼をやりました。あっちの方向には我が家のお風呂場があります。

「とんでもない偶然というかなんというか、とんだこともあったもんですな」

「そうさな」

「運命だねぇ」

勘一さんに続いて黙って話を聞いていた我南人が言います。

「運命、ですかい」

「そうとしか思えないねぇ」

我南人が、にっこりと笑います。

「十何年間も眠っていた秘密がぁ、秋実ちゃんと一緒に我が家に舞い込んできたんだよぉ。秋実ちゃんが僕と一緒にうちに来なければ、この秘密は目を覚まさなかったよぉ。だから、運命だねぇきっと」

勘一さんも海坊主さんも少し苦笑いしますが、確かにそうかもしれません。

「その伝《でん》で言えば勘一さん、サチさん」

「はいよ」

「はい」

何でしょう。海坊主さん、にやりと笑います。

「近所の人の手前、我南人ちゃんと秋実ちゃんを婚約者に仕立てたって話でしたけど、そりゃあまんまあの時のお二人の再現じゃないですか。そもそも、我南人ちゃんが秋実ちゃんをおぶってきたってのを聞いたときも思いましたけど、まるで勘一さんとサチさんの出会いじゃないですかい」

勘一さんと眼が合いました。

その通りなのです。確かにそう思ったのですが、そんなことは勘一さんと話していませんが、思っていましたよね。

「どういうことぉ？　何の話？」

我南人が不思議そうな顔をしました。海坊主さんがどこか嬉しそうにニヤニヤします。

「まぁ、でしょうな。親父さんとおふくろさんの馴れ初めなんぞ、男の子は興味ないですからな」

そうだと思います。我南人にそんな話はしたことありませんし訊かれたこともありません。

本当に、まるで、あのときのことをなぞっているかのようなんですが、でも意識しているわけではないですよ。勘一さんも、顔を顰めました。

「まぁ、たまたまだよ。だって海さんだって、これまでの俺の手は悪手《あくしゅ》だなんて思わねぇだろう?」

「思いませんな」

ひとしきりニヤニヤしてから、海坊主さん頷きます。

「だからこそ、我南人ちゃんの言うようにこれも運命なのかもしれねぇですな」

本当に、そうかもしれません。

「それで、どうしやす? その気になれば俺が中島を呼び出すことはできます。何なら無理矢理連れて来るってのも可能ですがね」

「無理矢理ってのはいくら海さんでも後々の商売に響くだろうさ。今はカタギの商売やってるんだ。〈集英組〉に繋がっていた元ヤクザを相手にしてとんでもねぇ荒事になっても拙い。それに、そいつとご対面して問い詰めたところで今はどうにもできねぇしな」

「そこですね」

海坊主さんも頷きます。

「何よりも、先に中島に仕掛けちまって、もしも肝心の冴季キリと三条みのるの方に何かあったら、秋実ちゃんがかえって悲しむでしょうな。自分の過去のせいで二人が不幸になってしまったと」

そうです。そこは外せません。勘一さんが頷きます。

「ここは、中島の動きだけちょいと海さんの方で見ててもらってよ。後は明日、二人にご対面してからの話ってことでどうかね」

「賛成ですぜ」

＊

朝になりました。

いつものように起きて、朝ご飯の支度です。今日も秋実ちゃんはわたしと一緒に起き出します。

「足の具合はどう？」

今日はテレビ局に行かなきゃなりません。捻挫した足を引きずっているアイドルの卵というのも少しばかり情けないのですが、秋実ちゃんが立ち上がってゆっくり歩き回り、ちょっと跳んでいました。

「うん」

にっこり笑って頷きます。

「まだ痛みは残っているけど、ゆっくりなら普通に歩けそうです」

何とかなりそうですね。

セリちゃんと香澄ちゃんも二人してやってきて、朝ご飯の支度の始まりです。白いご飯に今日は豆腐とネギと油揚げのおみおつけ、目玉焼きにほうれん草とソーセージの炒め物をつけます。里芋の煮っ転がしは昨日の夜の残り物を温め直しました。鮭が残っていたので大根と一緒に味噌煮にしたものは昨夜のうちに作っておきました。これも温めればちょうど味が滲《し》みて良い具合です。それから冷奴におこうこに焼海苔。

今朝も皆が揃ったところで「いただきます」です。

「セリちゃん、香澄ちゃん」

「はい」

「ご飯食べ終わったら、秋実ちゃんはおでかけ用にお化粧とおめかしするの。ミカちゃんに習ったし服も借りているんだけど、手伝ってあげてね」

セリちゃんも香澄ちゃんも頷きます。

「わかりました。大丈夫です」

「それに申し訳ないけど、お昼ご飯とか、皆でよろしくね」

「ご心配なさらなくても、ちゃんと勘一さんの面倒を見させていただきます」

香澄ちゃんが言ってくれました。勘一さんが唇を尖《とが》らせて肩を竦めましたけど失礼ですよ。

「我南人さん、ギター持ってくんですか？」

拓郎くんが訊きました。もう縁側に置いてありますよね。

「持ってくよぉ。〈LOVE TIMER〉の我南人として行くんだからぁ、それがないと様にならないねぇ」

確かにそうかもしれません。そしてもう普段ステージなどで着る革ジャンを着ていますよね。大体この子の衣装というのはラフなものが多いのですが、この真っ赤な革ジャンというものをどこで買ってくるのかまったくわかりません。

わたしも普段は大抵動きやすい服装をしているのですが、〈LOVE TIMER〉のマネージャーという立場で外に出るときは、働く女性が仕事着で着るようなツーピースを着るようにしています。

髪の毛も整え、お化粧も普段よりは濃くします。

これは勘一さんが言うところの、たとえ母親といえどミュージシャンのマネージャーとしてそれなりのハッタリを利かさなければならないから、です。そもそも、勘一さんはハッタリが大好きですからね。どちらかといえば地味な職業である古本屋を継いだのをときどき不思議に思うこともあります。

秋実ちゃんはミカちゃんに借りた白のワンピースに赤い薄手のコートを着ています。すごく可愛らしいのですが、ミカちゃんはこれをどこで着ていたのでしょう。とてもあの子の激しいステージで使うとは思えないのですが。でも、充分にアイドルの卵として通用すると思いますよ。

「気ぃつけてな。海さんの言う通りにしてりゃあ問題ねぇとは思うが」

勘一さんが表まで出て見送ってくれました。

「秋実ちゃんもな。いざってときにはこの男は頼りになるからよ」

「はい！」

よし、と、勘一さん笑います。

「それでは、行ってきます」

「おう」

我が家の前の道路は狭いので、海坊主さんの乗るような大きな車は入ってこられません。我南人と秋実ちゃんと三人で、大通りまで出ます。

路肩に寄せて、真っ黒な大きな車が停《と》まっていますね。スーツを着た海坊主さんが待っていてくれました。

「おはようございます」

「おはようございますサチさん。さ、どうぞ」

後ろの座席にわたしと我南人と秋実ちゃんが乗ります。海坊主さんはきっと普段は後ろなのでしょうが、助手席に座りました。

「さて、行きます。運転しているのはうちの信頼できる男なのでご安心ください。何を話しても大丈夫です」

白い帽子を被られた運転手さん、軽く頭を下げてくれました。

「局の裏の駐車場のところに警備員がいる通用口があります。そこから入りますが、俺の後について何も言わずに堂々として、軽く頭でも下げて入っていけば大丈夫ですから」

「わかりました」

わたしが頷くと、うん、と、海坊主さんも頷きます。

「そこからエレベーターで四階へ向かいます。収録のスタジオは地下にあるんですが、出演者の控室は四階なんですよ。そこも俺の顔パスで入れます。で、そこからですが、もう彼らは入っていて、軽く打ち合わせや休憩をしているはずです。まずは、冴季キリからの方がいいでしょう。マネージャーですが、幸いここの局のディレクターの人間をひとり捕まえられたんでね。そいつが冴季キリのマネージャーを楽屋から呼び出しますからその隙に入ってください」

「捕まえたって、どういう意味ですか？」

訊くと、海坊主さんにやりと笑いました。

「訊かない方がいいですがね。なに、うちのマネージャーの一人がそのディレクターの賭けマージャンの借金を肩代わりしてるんですよ」

まぁ、そんなことを。

「心配いりやせん。ディレクターにちょいと呼び出させてどうでもいい話で間を持たせます。なるべく早く話を済ませてください」

「わかりました」

「三条みのるの方は問題ないですね。そのまま楽屋を訪れても、向こうのマネージャーは我南人ちゃんとのことも知ってますから、驚いても好意的に迎えてくれるはずです。俺はただ案内してきただけってことで済ませますから。込み入った話になる前にちょいとそいつを外に出しますので、話を済ませてください」

「オッケーだよぉ」

そこまではいいですね。

「問題は、その後です」

海坊主さんが身体を半分後ろに向けて言います。

「おそらくは、二人とも駆け落ち云々の話は本当だと言うのでしょう。そして事務所が許すはずないからそうするしかない、と。だから、秋実ちゃんと我南人ちゃんは、全力で止めてください。ちょっと待て、と。できるだけ早いうちに、何とか方法を考えるからと」

「どんな方法があるんですか!?」

秋実ちゃんが勢い込んで訊きました。

「残念ながらまだ思いつきません。しかし、二人がそう言えば少なくとも冴季キリは安心するでしょう。こういう場合は女の子の気持ちを優先させて、男が非常手段に走りがちなんです」

そうですね。わたしもそう思います。

「〈御法興業〉に力ずくで逆らったっていいことはありやせん。できるだけ平和的な解決がいちばんです。そこんところを、俺も勘一さんも考えますんで、とにかく、二人の気持ちを確かめるのと、落ち着かせることです。自分たちが味方になるから、安心しろと」

そう話しているうちに、収録が行われるという〈日英テレビ〉に近づいてきました。

わたしはどこにあるかはまったく知らなかったんですが、意外と近いところにこのテレビ局はあったんですね。

「もしも、ですぜサチさん」

「はい」

「何も起こらないとは思いますが、もしも俺とはぐれてしまうようなことになっても、慌てずにゆったり構えて出口から出てください。入るときには警備員が見ていますが、出る人間にはほとんど何も言いませんから」

「わかりました」

そういえば昔もそんなことを海坊主さんや、お義父さんに教えられたような気がします。厳重に警備する場所ほど、一度入った人間への注意は甘くなると。

車が停まり、海坊主さんに促されて車を降ります。そのまま裏の通用口から入っていきました。本当に何も言われませんでした。ただ、海坊主さんが警備員さんに「よろしく」と言っただけです。わたしたちにも会釈をしてくれました。

言われた通り、芸能界の人間のように鷹揚《おうよう》に挨拶をします。

我南人はそもそもどこへ行ってもあの調子ですが、秋実ちゃんもしっかりそんなふうに装ってました。やはり度胸のある女の子です。

エレベーターで四階へ上がると、すぐにいくつもの部屋がある場所に出ました。何人かの人が忙しそうに歩き回っています。

そのまますたすたと歩いていく海坊主さんについていきます。ちょっと待て、と、手で合図されて、そのまま廊下の隅で、誰かを待っているふうに三人で静かにしていました。

すると、廊下の少し先の部屋のドアが開き、男の方が一人出てきて、こちらに向かってきました。海坊主さんがその男の人に近づいていきます。

二人がひそひそ声で何事か話し合っていましたが、すぐに海坊主さんが戻ってきました。男の人はそのままどこかへ立ち去っていきました。

「拙いですね」

顰めっ面をします。

「どうしたんですか」

「冴季キリに、いつものマネージャーの他に二人男がついていると言うんです。しかもディレクターも見慣れない危なそうな男だそうです」

「じゃあ、三人いるのぉ？」

そう、と、海坊主さん頷きます。

「今日に限ってだそうです。普通はありえません。ただの収録についてくるのはマネージャー一人があたりまえです。つまり、何か緊急事態があって、冴季キリから眼を離さないように見張っているとしか思えませんぜ」

「何かって」

秋実ちゃんが言います。

「じゃあ、駆け落ちしようとしたのがバレたので逃げ出さないようにって」

海坊主さんが頷きました。

「そう考えるのが、妥当でしょうな。秋実ちゃんに冴季キリが電話してきたのも、そういう事態だったからって考えれば頷けます。どこまでバレているのかわかりませんが、騒ぎがあったから二度と逃げ出さないように見張っているんでしょう。どうします？　このままじゃ中にも入れませんな」

「それじゃあ、北ちゃんの方にも見張りがついていることも考えられるよぉ。キリちゃんが全部ぶちまけちゃってぇそれが向こうにも伝わってさぁ」

確かにそうです。

「あるいは」

海坊主さんです。

「二人が示し合わせて同時に事務所に話をしたってことも考えられますな。二人は結婚するから引退したいとか何とかその手の話を。そして見事に玉砕したので駆け落ちを考えた。そしてそのことが発覚して見張られている、と」

「でもアイドルとしての仕事はこなさなきゃならないから？　見張られても仕事に来ているんですか？」

秋実ちゃんが言います。

「そういうことでしょう。事務所からすると収録に穴を空けるわけにはいきません。これは、事態は思っている以上に切迫しているかもしれやせん」

「どうしよう。どうしたらいいですか？」

秋実ちゃんは必死の形相で我南人を見ました。海坊主さんが、言います。

「強行突破しますか？」

「つまりぃ？」

「控室になだれ込んで冴季キリを奪っていくんです。もちろん、三条みのるもです。二人のことが何もかも事務所に知られているのなら、こそこそしたってしょうがありゃせん」

強行突破ですか。確かに海坊主さんと我南人がいるならそれもできるかもしれませんけれど。秋実ちゃんも結構強いと言っていましたが、捻挫していますから無茶はいけません。

「でも、まだそうと決まったわけではないでしょう。見張りが増えているのは確実でしょうけど、それだけで無理に突破は危険過ぎます」

そう言うと、我南人がわたしの肩に手を掛けました。

「女子トイレだねぇ」

「女子トイレ？」

何を言い出すんですかこの男は。

「楽屋にいる見張りは三人とも男なんでしょう？」

「ですな」

「だったらぁ、キリちゃんをトイレに行かせるんだよぉ。女子トイレの入口まではついていっても、中まで男はついていけないねぇ。テレビ局の中のトイレだったら、ましてやここは四階だから窓からなんて出られないでしょう？　逃げられる心配はないからマネージャーたちも油断するよぉ」

そうですな、と、海坊主さんは言います。

「ここのトイレに窓はありませんぜ」

「じゃあ、トイレで母さんと秋実ちゃんが待っているんだぁ。そこでキリちゃんから話を聞き出すんだよぉ。そして本当に事態が切迫しているんなら、収録が終わってから、ここから連れ出せばいいんだ。見張りを三人引っ繰り返すのは僕と海坊主さんでできるよぉ」

「なるほど」

海坊主さん、大きく頷きました。

それは確かにいいアイデアです。

「でも、どうやってキリちゃんをトイレに呼び出すの？　来るまで待ってるんですか？」

秋実ちゃんが訊くと、我南人が自分の胸を叩きました。

「僕がぁ、何か部屋を間違ったふりして中に飛び込むよぉ。そしてバレないように、秋実ちゃんが書いたメモをキリちゃんに渡すんだぁ。〈トイレで待ってる〉って書いたメモをねぇ。僕なら〈LOVE TIMER〉の我南人だからぁ、部屋にいきなり飛び込んでも向こうも許してくれるよぉ」

「それは、良い手ですな。それで行きましょう」

海坊主さんが続けます。

「三条みのるの方は冴季キリの話を聞いてから方法を決めましょう。どのみち収録はするんです。それが終わるまでに手段を考えればいい」

よし、と、我南人が頷きます。

「秋実ちゃん、メモを書いてぇ。キリちゃんなら君の字はすぐわかるよねぇ？」

「わかると思う！」

メモ帳は予《あらかじ》め用意してありました。すかさず秋実ちゃんがメモを書きます。

〈秋実だよ。すぐにトイレに来て。待ってる〉

「オッケー」

我南人がそのメモを千切《ちぎ》り、ポケットに入れました。

「じゃあ、行くよぉ。上手く行ったら部屋を出てすぐに合図するからぁ、母さんは秋実ちゃんをよろしくねぇ」

「わかったわ」

我南人がギターケースを片手にすたすたと歩いていきます。扉の前で立ち止まり、一度こっちを見て頷き、ドアノブに手を掛けていきなり開けました。

「どうもぉー、お待たせしましたぁー」

我が息子ながら大した度胸だと思います。中の様子は窺《うかが》い知れませんが、声が小さく漏れてきます。それほど大きな騒ぎにはなっていないようですから、大丈夫なのかもしれません。

わたしと秋実ちゃんは我南人が出てきたらすぐに動けるように、待っていました。

ややあって、また扉が開きます。

「ごめんねぇえ！　冴季キリちゃん？　今後とも〈LOVE TIMER〉をよろしくねぇえ！」

我南人の大きな声が響いて、出てきました。

出てきた瞬間にわたしたちに向かって握った拳を突き出します。

上手く行ったようです。

「行きましょう秋実ちゃん」

「はい！」

女子トイレに向かって歩き出します。

三

女性のマークがついた扉を開けると、それほど新しいわけではないビルですから最新式ではないものの、さすがテレビ局の女性用のトイレです。清潔そうで広くて、何よりも、とても大きい鏡が壁に貼ってあります。鏡の前には椅子も置いてありますので、ここで少しお化粧を直したりもできるのでしょう。

幸い、誰もいません。ここで冴季キリちゃんが来るのを待ちます。

秋実ちゃんが緊張しているのが伝わってきます。手を握ってあげると、にっこり微笑みました。

「大丈夫。きっと上手く行くから」

「はい！」

足音が聞こえてきました。じっとして待ちます。トイレの扉が開いて入ってきたのは、テレビでよく観ていた冴季キリちゃんです。

「秋実ちゃん！」

「キリちゃん！」

二人で同時に小声でそう言って、手を取り合って見つめ合って今にも抱き合いそうです。二人の頬が紅潮しています。瞳が潤んでいます。本当に仲が良いのが伝わってきます。そうですよね。物心つく頃からずっと同じ家で育ってきた姉妹のようなものなのでしょうから。

「ごめんなさい。時間がないし、他に誰か入ってきたら面倒だからこっちへ」

少々狭苦しいですけど、いちばん端っこの個室に入ります。ほとんど顔をくっつけて話すようになりますけど、かえってちょうどいいかもしれません。

「どうして、どうやってここに？」

キリちゃんが小声で訊きます。

まだ顔には喜びからの笑みがあります。秋実ちゃんが自分をも落ち着かせるように、急に真顔になって、ひとつ深呼吸しました。

「それは後から。キリちゃん」

秋実ちゃんがわたしに顔を向けました。

「こちらは、堀田サチさん。我南人さんのマネージャーさんで、そしてお母さん」

「お母さん!?」

キリちゃん、ぴょこんと顎を動かします。頭を下げたらぶつかってしまいそうですからね。

「冴季、じゃない、仲条桐子です！　よろしくお願いします！」

「こちらこそ、よろしくね」

思わず微笑んでしまいました。礼儀作法はこの世の習いですよね。

「〈LOVE TIMER〉の我南人さんからメモを貰いました。みのるさんから話を聞いて来てくれたんですか⁉」

思わず秋実ちゃんと顔を見合わせました。もちろん、まだキリちゃんは秋実ちゃんと我南人が出会った経緯を知りません。

そして、北ちゃんが我南人の〈LOVE TIMER〉の一員だったという話は表にはまったく出していません。本当に、ごくごく親しい人しか知らないのです。と、いうことは間違いなく、北ちゃんはこのキリちゃんにそういう話もしているのです。

本当に、恋仲のようですね。

「北ちゃん、いいえ、三条さんとはこれから会うのよ。とにかく、秋実ちゃんと話をしてちょうだい」

いくら女性のトイレとはいってもあまり長居しては怪しまれます。秋実ちゃんが続けて訊きました。

「聞かせて。駆け落ちしたいって本当のことなの？　本当に本当に三条みのると愛し合ってるの？　そういう話をしてるの？」

キリちゃん、大きく頷きます。テレビで観るよりもずっときれいですし、そして、若い女の子らしく躍動感に溢れています。これが本来の姿なのでしょう。

「本当だよ秋実ちゃん。本当に、私たち好き合ってるの。結婚の約束もしたの。でも、絶対に絶対に二人で一緒になんかなれないの」

「その話は、事務所の人にした？」

「マネージャーに相談した。実はみのるさんと好き合っているんだって。でも、そしたら、社長さんが来て」

　表情が曇りました。

「三条みのると結婚したいんだったらしてもいい。ただし、私が売れなくなってから、もしくは十年後にしろって。もしも今、そうやって付き合っていることを、愛し合ってることを公言したら、契約違反でとんでもないお金を払ってもらうことになる。そしてそんなことになったら、家がどうなるかわからないぞって」

「家って」

　秋実ちゃんの表情が歪みます。

「〈つつじの丘ハウス〉のこと。そんなことはしたくないが、あの家をなくすことだってできるんだぞって。そもそも自分たちは三条みのるだって、二度と歌えない身体にできるし、命を奪うこともできるんだって」

　ひどい話です。

まるっきり、ヤクザの脅しじゃありませんか。

「それは間違いなく社長さんが言ったのね？　御法蔵吉さん？」

わたしが訊くと、キリちゃんが頷きました。その眼が少し潤んでいます。

「そうです。間違いなく言いました。それで、私」

悲しくなって、絶望的な気持ちになったと続けます。

「みのるさんも同時に事務所の人に言ったの。でも、同じような感じでどうにもならないって話になってしまって」

駆け落ちしかないと話し合ったと言います。そして思わず秋実ちゃんに電話してしまったんでしょう。

それで、〈御法興業〉さんはキリちゃんに見張りをつけたんですね。逃げ出したり北ちゃんに会いに行ったり、連絡したりできなくするために。

本当にひどい話です。それが情のある人間のすることでしょうか。

「キリちゃん、待ってて！」

秋実ちゃんが言います。

「絶対、絶対にあたしと我南人さんが、サチさんたちと協力して、キリちゃんたちを助けるから！」

キリちゃんが、眼を丸くして秋実ちゃんを見て、それからわたしを見ました。

「秋実ちゃんたちが？　私たちを？」

「そうだよ。絶対にできるから。だってほら、こうやってここに来られたでしょ？　普通は入れないんだよ？　あたしを信じて。だから、いい？　ヤケを起こしちゃ駄目だよ？　必ず近いうちに連絡するから、今まで通りアイドルの冴季キリでいるんだよ？　事務所に逆らわないで。諦めたフリをして、良い子にしてるの。いい？」

肩を摑んで、秋実ちゃんが必死の表情でキリちゃんに言います。

キリちゃんも、その手を摑みました。

「わかった。待つ。絶対にヤケは起こさない」

「キリちゃんどこに住んでいるの？　電話はあるの？」

「事務所が用意してるマンションだけど、未成年だからって管理人のおばさんが一緒に住んでいるの。電話はあるけど、今は自由にはできない」

「じゃあ、一応電話番号教えて！　住所も」

秋実ちゃんが、用意してきたメモ帳を渡しました。

「そしてね、これは我南人さんの家の電話番号と住所。なくさないでね。あたしに連絡つくから」

「わかった」

頷いたキリちゃんに言います。

「いいかしら、キリちゃん」

「はい」

「わたしたちは、いろいろ考えます。ひょっとしたら周りでとんでもないことをするかもしれないけど、そのときにはわたしたちについてきて。どんなことがあっても、その場にわたしや秋実ちゃんや我南人がいるから。信じて絶対についてきてね」

キリちゃんは笑顔になって、大きく頷きました。

「はい！」

大丈夫ですね。瞳に若者らしい生き生きとした光が戻っています。

「じゃあ、出ましょう。キリちゃん、わたしたちが先に出て行きますから、後から出て楽屋に戻ってね」

「絶対ね！　連絡するから！」

秋実ちゃんとキリちゃんがまた手を取り合い、頷き合います。

トイレから出ると、ちょっと向こうに知らない男性がいました。きっとあの方はキリちゃんのマネージャーなのでしょう。素知らぬふりでわたしと秋実ちゃんは歩いていきます。エレベーターの近くに我南人と海坊主さんの姿がありましたので、そこまでゆっくりと慌てずに歩きます。

「上首尾でしたか？」

そっと訊いてきた海坊主さんに頷きました。

「ちゃんと聞けました。間違いなくあの二人は恋人同士で、もうそれぞれの事務所も駆け落ち騒ぎを知っているようですね」

我南人と海坊主さんは二人で頷きます。

「じゃあ次はその角を曲がったところにある三条みのるの楽屋ですね。こっちには遠慮する必要はありませんぜ。サチさんがマネージャーとして我南人ちゃんと一緒に訪ねてみましょう」

「わかりました。でもどうやって話します？　まさかトイレも行けないし、マネージャーさんだって男でしょう。一緒についていけますよね」

言うと我南人は手に持っていたメモ帳をひらひらさせました。

「大丈夫ぅ、待っている間にいっぱい書いたから。これを北ちゃんに読ませて、頷くだけでわかるようになっているからぁ」

なるほど。二人だけで楽屋の隅で話すふりしながら、そのメモを見せるのですね。

「こっちのマネージャーは何人いようがまともな連中ですぜ。サチさんは、同じマネージャーとして〈LOVE TIMER〉についての話でもしてください。ちょっと大袈裟に〈トミプロ〉に興味があるのでいろいろ聞きたいとか言えば、彼らも食いついてくるでしょう」

「了解しました」

客商売ですからね。人とお話しするのには慣れていますし、どんな方でも上手く話を進めていく自信はあります。

「じゃあ、お願いします。秋実ちゃんは俺と待っていましょう」

もうわかります。扉には〈三条みのる〉と貼ってあります。

海坊主さんに促されて、今度はわたしが扉をノックしました。中から、「はい」という男性の声が聞こえ、開いた扉から顔を覗かせたのは、スーツを着た細面《ほそおもて》の中年男性です。

「恐れ入ります。わたくし、〈LOVE TIMER〉のマネージャーの堀田と申しますが」

がたり、と、中で音がしました。

「おばさん!?」

懐かしい北ちゃんの声です。それで、マネージャーさんも少し驚きながら扉を広く開けてくれました。すかさず我南人が中に入りました。

「我南人！」

北ちゃんの嬉しそうな声が響きました。

まぁ、本当に、テレビ以外では久しぶりに姿を見ましたけど、びっくりするぐらい精《せい》悍《かん》な若者になりましたね。

「北ちゃん。久しぶりぃ」

「どうしたんだお前！　どうしてここに！　おばさんも！」

笑顔が弾けます。本当に私服でもすっかり垢抜《あかぬ》けていますけど、笑顔はあの頃の子供のままです。

「元気そうね、北ちゃん。いつもテレビで観てるわ」

「おばさんこそ、お変わりなく。え、いや本当にどうしてここに？　まさか、〈LOVE TIMER〉テレビに出るのか？」

我南人と握手して肩を叩きながら言います。

「違うよぉ。ちょっとたまたま機会があってねぇ。ここに来たら、北ちゃんがいるって聞いたからぁ会いたくなっちゃってさぁ」

さりげなく我南人が北ちゃんを部屋の奥へ誘導します。ここに来たら、北ちゃんがいるって芸能人の皆さんはお化粧や髪形を直したりするのでしょう。椅子もあるので我南人はのんびりとそこに座りました。

部屋の中にはお二人の男性がいました。最初に扉を開けてくれた細面の中年の男性。そしてもう一人は大柄の体格のよい若い男性です。そちらはスーツではなく、ごく普通のスラックスに紺色のセーター姿です。

我南人は入口に背を向けています。入口脇に衝立《ついたて》があって小さなソファとテーブルがあります。

わたしも、にっこりと笑みを見せながらそのソファに座ろうと移動しました。

「改めてご挨拶させていただきます」

バッグを開けて名刺入れを取り出します。

「あ、これは」

さすが芸能事務所のマネージャーさんです。二人ともすぐにわたしの向かい側に、つまり我南人に背を向けて立ってくれました。大成功です。これで我南人がメモを見せている様子は彼らには見えません。

「〈LOVE TIMER〉のマネージャーをしております堀田サチです。実はボーカルの我南人の母親でございまして」

「そうでしたか！　いや知りませんで失礼いたしました」

中年の方と名刺交換します。広島《ひろしま》さんとおっしゃるのですね。笑顔も物腰も柔和な方です。

「池島《いけじま》と申します」

若い方からも名刺をいただきました。こちらの肩書きはマネージャーではなく営業部となっています。マネージャー職ではなく、体格で選ばれて北ちゃんを見張りに来たのかもしれませんね。

「ま、どうぞどうぞ」

広島さんがソファを勧めてくれますので座ります。

「リハ前のお忙しい時間に失礼しました本当に」

「いや、まだ大丈夫ですよ。始まるまでに小一時間はありますからね。いや、しかし」

広島さん、笑顔を向けてくれました。

「〈LOVE TIMER〉の我南人さんとうちのみのるの間柄は存じ上げておりましたけど、こうしてお近づきになれて嬉しいですよ」

「あら、ありがとうございます。もしかして〈LOVE TIMER〉を聴いてくださいましたか？」

「もちろんですよ！」

池島さんが、ようやく笑顔を見せてくれました。

「僕は、大好きですよ。いや、個人的にですが」

「ありがとうございます。本当にね、ただ若いのが好き勝手やっているだけでして、わたしもね、マネージャーとはいえただの主婦ですからいろいろ行き届かなくて」

ちらりと我南人と北ちゃんの様子を窺います。二人とも楽しそうに話していますから大丈夫でしょう。

「あれですね〈トミプロ〉さんは本当に大所帯で、今何名ぐらい働いていらっしゃるんですか？」

さりげなく、会社に興味があるようにします。

「そうですな。経理や運転手なんかも含めますと、全部で五十人ぐらいはいますかね」

「そんなにですか！　本当に大きな会社なんですね」

そうやってあれこれと、にこやかに話を続けました。社長の富弥さんと知り合いだという話はとりあえず隠しておきましたが、他にも知りたいことはいろいろあります。たとえばテレビ局での約束事とかそういう、わたしは知らないマネージャー業のことですね。

何も疑われていません。そもそも我南人は芸能人の一人と見られているのですから当然なのでしょうか。

「じゃあぁ、忙しいだろうからこれでねぇ」

我南人が立ち上がりました。どうやらメモは全部見せて話は終わったようですね。わたしも立ち上がって、北ちゃんを見ると、こちらに目配せしてきました。

「突然申し訳なかったですねぇ」

我南人が広島さんと池島さんに言います。いやいや、と、お二人とも笑顔です。

「また来てくれよ我南人。今度は皆も連れてさ」

「もちろんだよぉ。元気で頑張ってねぇ」

北ちゃんと我南人が握手をします。

「おばさんも、どうぞお元気で」

「北ちゃんもね、今度はお休みの日に遊びに来てちょうだい」

「はい！　ぜひ！」

入口のところで手を振って、扉を閉めます。見ると、海坊主さんと秋実ちゃんは少し移動したところで待っていましたが、わたしと我南人の姿を見るとすかさず歩き出してエレベーターのボタンを押します。幸いにもちょうどエレベーターがやってきて、全員でそれに乗ることができました。

「話は後で」

海坊主さんの表情が少し硬いですね。

「何かありましたか？」

「いや、さっき窓から外を見ていたら、〈御法興業〉の社長の車がやってくるのが見えましてね」

「社長さんですか？」

そうです、と頷きました。

「もしも、下で鉢合わせしても知らんぷりをしていてください。俺が適当に話をしますから」

我南人と秋実ちゃんと三人で頷き合いました。

「よくあることなんですか？」

訊きました。

「滅多にありやせんね」

海坊主さんが首を振りました。

「収録の現場にわざわざ社長が出てくるなんて、余程のことが起こったか、あるいはたまたまテレビ局のお偉いさんと話し合いでもあるのか」

「じゃあ、まさか、キリちゃんを」

秋実ちゃんがまた心配そうに言います。いやや、と、海坊主さん続けます。

「何があろうと、病気や怪我以外では収録に穴を空けるようなことはしませんよ。そして今日の収録は少なくとも夜まで掛かります。考えられるのは、おそらく駆け落ち騒動は本当につい昨日一昨日の話で、冴季キリがちゃんと収録できるかどうかを社長自ら確かめに来たのかもしれませんぜ」

「するとぉ、〈トミプロ〉の社長も来ることも考えられるねぇ」

「まぁ男と女の違いはありますが、充分考えられます。着きますよ。お静かに」

エレベーターが一階に降りました。ドアが開いてそっと出ましたが、来るのを待っていた人はいませんでした。もちろん、エレベーターは他にもありますからそれに乗っていったのかもしれません。

皆無言で駐車場に向かい、待っていてくれた車に乗り込みました。ほっと一息です。

「三条みのるさんは、何て言っていたんですか!?」

秋実ちゃんが我南人に訊きます。

「間違いないよぉ。キリちゃんが言っていたこととたぶん同じだねぇ」

「駆け落ち騒ぎは二人が起こしたもので、二人とも見張られているんですね？」

わたしが訊くと、我南人は頷きました。

「母さんがきっちりマネージャーさんと話し込んでくれてたから、小声で会話もできたよぉ。北ちゃんは冷静だったよ。反対されるのは予想してたって。二人とも売れてるから、付き合ってるって公表するのは事務所が困るのも理解できた。だから事務所に相談したんだってさぁ。どうしたら理想の形で二人の仲を公表できるだろうかってねぇ」

なるほど、と皆が頷きました。

北ちゃんはちゃんと相談できたんですね。〈トミプロ〉はヤクザには関わりないということですからね。

「でもねぇ、別れろって言われたのが、許せなかったってさぁ」

「そう、言われたのですか」

「社長にねぇ、こう言われたんだってぇ。『一時の気の迷い、遊びだったらさっさと別れろ、そのうちにもっといい女ができる、女を抱きたいならそういう女を用意する。とにかく、冴季キリは駄目だ。別れないなら、冴季キリのスキャンダルをでっちあげる』ってぇ。どうして駄目なのかと訊けば〈御法興業〉の連中などまともに相手にできるか、だってさぁ」

我南人が一度言葉を切りました。

「もっと許せなかったのはねぇ。『どうせあそこの事務所の女なんて身体で仕事を取るような女ばかりだ。冴季キリだって高校生だけどどんなアバズレかわかったもんじゃない。社長がスカウトしたんだから、もう手が付けられてるんだろう』だってぇ」

「ひどい！」

秋実ちゃんです。本当にひどい言葉です。

「キリちゃんはそんな子じゃないです！」

「北ちゃんもそう言ってたよぉ。キリはそんな子じゃないって。それは僕がいちばんよく知ってるってさぁ。そしてねぇ、社長には、家の借金も肩代わりしてやったし、ここまでスターとして育てたのに、その恩も忘れて裏切るのかって責められたんだってぇ。恩は忘れていない。でも借金分の働きは充分にしているはずなのに、そこのとこをハッキリとしてくれない。まだまだと言うだけで、もう信用できないって北ちゃん怒ってたねぇ」

「それで、駆け落ちですか」

海坊主さんが言います。

「そうすれば、もうどっちの事務所も後戻りできないだろうと思ったんだねぇ。駆け落ちして、その先で芸能記者にでも二人の言葉を記事にしてもらう。二人の仲を認めさせるにはそれしかないってさぁ」

あのことはどうなのでしょう。

「北ちゃんのお家の件はどうだったの？」

「それがさぁ、家はどうでもいいんだって。借金を肩代わりしてもらったことでただ喜んで、〈トミプロ〉様々だって浮かれているような連中ばかりだってさぁ。二度と帰りたくないとも言ってたねぇ」

そんなことを。

あの頃はそんなふうには感じなかったのですが、どうやら北ちゃんには、お家との断絶が、しかも根深いものがあるようですね。

車内に少し沈黙が流れました。

二人の思いは強く、そして二つの事務所の確執や、そこにある情け無用の金儲けが全てという現実を思い知らされましたね。

「海坊主さんぅ」

我南人が言います。

「なんでしょう」

助手席に座った海坊主さんが身体を向けます。

「今日のこの収録が終わったらぁ、キリちゃんと北ちゃんはそれぞれマネージャーさんと車で帰るんだよね？　そしてその後のスケジュールはぁ？」

「間違いなくそれぞれの事務所の車で帰りやす。そして二人とも収録後のスケジュールは空いてますぜ」

海坊主さんがスーツのポケットから手帳を取り出します。

「冴季キリは、明日の朝八時から雑誌の取材。三条みのるは明日の朝九時からドラマの撮影が入っていますな。今日の収録は六時までなので、押してもせいぜい七時でしょう。晩ご飯を食べて、朝まではゆっくりお休みって感じですな」

うん、と、我南人が頷きました。

「その後のスケジュールも調べたのぉ？」

「一応、半月ばかりはメモしてありますぜ」

「じゃあ、取材とかは抜きにして、歌番組やコンサートなんかのスケジュールはぁ？」

ちゃんと手帳に控えている海坊主さんはさすがですが、我南人は何か意図があっての質問なんでしょうかね。

「歌番組の収録および生放送は、いちばん近いところで冴季キリが三日後、三条みのるは四日後。コンサートの予定は二人ともしばらくはないですな」

「ラジオはぁ？」

　また手帳を見ます。

「ラジオの生放送は、二人とも半月ほどないですね。録音なら三条みのるが二日後だが、どうしました。何か思いつきましたかい？」

「海坊主さんの方で車を二台用意してぇ、今夜収録が終わった冴季キリと三条みのるの乗った車をそれぞれ尾行することは、できるぅ？」

　尾行ですか？

　海坊主さんが、ちょっと小首を傾げます。

「できないことはないですがね。どうしますかね」

「きっとぉ、この後、北ちゃんもキリちゃんも、ほとんど軟禁状態になると思うんだぁ。それはさっき北ちゃんも仄《ほの》めかしていたんだよねぇ。騒ぎを起こしてしまったから、部屋を引っ越すかもしれない。もう連絡が取れなくなるかもしれないってぇ」

「確かにそうですな」

　海坊主さんも頷きます。

「新しい住居、つまり逃げ出したりできない、なおかつ二人の芸能活動の支障にならないような場所を探すのに一日二日は掛かるでしょうな。ひょっとして〈御法興業〉の社長がわざわざ来たのもそういった件のためかもしれない。何せドル箱だから、自ら確認に来たのかもしれませんな」

「そうなるとぉ、二人と連絡を取るのがますます僕たちには難しくなっちゃうんだよねぇ。時間ばかりが経ってどんどん不利になっていく。その前になんとかしないといけない。だから、二人を誘拐しちゃおうかなぁって思ってぇ」

「誘拐!?」

思わず秋実ちゃんと二人で同時に叫んでしまいました。

「そんな我南人、乱暴なことを」

「いや」

海坊主さんが大きく頷きます。

「待ってくださいサチさん。それは確かに良い手だと思います」

「良いんですか!?」

「とにかく二人が、別々に向こうの手の内にあるのが最大の問題なんですよ。それをこっち側で二人を確保しておければ、どんな交渉でもできます」

「でも、誘拐だなんて」

秋実ちゃんが心配そうに言います。

「誰かが怪我でもしたら」

「その辺はぁ、上手くやるしかないねぇ」

「俺の方で兵隊を用意しますかい？　それで力ずくで」

「いや」

我南人が言います。

「海坊主さんにだけそんな貧乏くじを引かせちゃあ親父だって怒るよぉ」

「そうですよ。海坊主さんだけが泥を被ってはわたしも困ります」

「僕たちはぁ」

我南人が窓から外を見ます。テレビ局の大きなビルを見上げました。

「キリちゃんと北ちゃんを救うだけじゃ駄目なんだぁ。救ったあとのその後のキリちゃんと北ちゃんの人生に傷をつけちゃいけないしぃ、そして他の誰にも迷惑が掛かんないようにしなきゃならないよねぇ。もちろんこれは〈御法興業〉と〈トミプロ〉にもだよぉ」

それは確かに正しい考え方ですし我南人にしてはとても真っ当な意見ですけれど、とんでもなく難しいことではないでしょうか。

「そうは言っても我南人、二人を誘拐するだけで〈御法興業〉と〈トミプロ〉には迷惑が掛かるわよ」

「それは、まぁお仕置きみたいなものだよぉ」

「お仕置きですか」

「人としてやっちゃいけないことはあるよねぇ。二人の恋をちゃんと見守ってやれない大人は、同じ若者としては一発ぐらいぶん殴っておかないとさぁ。だからぁ、いちばん大事な歌番組にはせめて支障がないように今日の夜がいちばんかなぁって」

秋実ちゃんがそれを聞いて大きく頷きました。なるほど、そういうところは我南人と性格が一致するのかもしれません。

「俺も現段階では二人を誘拐、という言葉は悪いので〈保護する〉と言いましょうか。そうするのがいちばんだと思いますぜ。もっとも、その後の処理をどうするかはまったく思いつかねぇんですが。我南人ちゃんは何か考えついているんですかい」

「そこなんだよねぇぇ」

我南人が腕を組んで考え込みました。また窓からテレビ局を見上げています。

そして、何かに納得したように大きく頷きました。

「僕はぁ、ちょっと行ってくるねぇ」

ドアを開けました。

「どこへ行くんです」

「大丈夫。心配しないでぇ。海坊主さん、〈トミプロ〉には危ない人はいないいんだよねぇ」

「いませんね」

「だったらぁ、二人を誘拐、じゃなくて保護するときの人員は、親父と〈LOVE TIMER〉の連中で何とかなるねぇ。とにかく車二台に適当に分乗して、夜にここで待っててよぉ。連絡するからぁ！」

そう言うが早いか、さっと走り出してどこかへ行ってしまいました。

どこへ行って何をしようと言うんでしょうか。

終　章　Love Me Tender

一

〈東京バンドワゴン〉では皆が待っていてくれました。

勘一さんが〈つつじの丘ハウス〉にも電話して、そこで待機していたボンちゃん、ジローちゃん、トリちゃんにも戻ってきてもらっています。向こうでは海坊主さんの手配した方がこっそりと見張ってくれています。

拓郎くん、セリちゃん、香澄ちゃんもいます。座卓を囲んでテレビ局であったことの一部始終を話しますと、皆が複雑な表情を見せました。

「あの馬鹿息子が」

勘一さんがそう言って、煙草を取り出して火を点けました。ふぅ、と大きく煙を吐き出します。

「何を思いついたのか、見当がつきますかね。俺にはちょいとわからねぇんですが」

海坊主さんが言うと、むぅ、と唸って勘一さん首を捻りました。

「わからねぇが、まぁ大方何もかも一気に片づけようとしているんだろうけどよ」

「一気にですか」

「あいつぁ、小さい頃からそうなんだよ。困ったときにはなんもかもまとめてやっちまおうとするんだ。それで上手くいかなかったらこっちもそらみたことかと怒れるんだが、なんだかんだと上手く収まっちまうからこっちも怒るに怒れねぇ」

そういえば学校の宿題とかもそうでしたよね。そもそも真面目にコツコツやろうという人間ではありません。

「まぁなんだかんだで人として間違ったことはしねぇ男だ。そこは安心できるが」

煙を吐いて、海坊主さんを見ます。

「二人を保護かい」

「ですな。俺が頼まれてもそうします」

うん、と、頷き勘一さんが言います。

「確かにそうだ。俺でもそうするって考えるだろうぜ。二人をここに連れて来ておいてな、その〈御法興業〉と〈トミプロ〉まで行ってぶん殴ってやってもいいし、〈トミプロ〉の富弥さんは話がわからねぇ男でもねぇだろ。交渉してもいいんだ。もっとも富弥さんに関しちゃ俺の印象は昔の話だが」

「昔、ですぜ」

海坊主さんは唇を歪めました。

「今は押しも押されもせぬ大芸能事務所の社長です。あの頃の富弥さんの人の良さは忘れた方がいいかと。もちろん、〈御法興業〉みてぇなヤクザもんじゃないことは確かですがね」

「とりあえず」

ボンちゃんです。

「二人を保護することは間違いないんですよね？　車二台に分かれて、テレビ局の駐車場で待機ですよね。メンツはどうやってわけますか？」

「そうさな」

勘一さんが溜息をつきました。

「ここは馬鹿息子の策に乗っからなきゃ仕方あんめぇ。駐車場で同時にいきなりやって騒ぎが大きくなるのも困る。だから、二手に分かれて冴季キリちゃんと北ちゃんは別々に保護しようって腹なんだろう」

「でしょうな」

海坊主さんも頷きます。

「そうすることによって何かあったときに、どっちか一人だけでも確実に保護できるようにとの保証も考えてでしょうな。さすが草平《そうへい》さんの孫で勘一さんの息子。その辺の勘所は大したもんです」

「ってことはさ！」

ジローちゃんです。

「乗れるのは五人でしょ!? 一台には俺とボンとトリでしょう。そこに北ちゃんを乗せて我南人も戻ってくれれば、それで五人。大丈夫ですよ。運転は俺が得意です。下手打ったりしませんよ」

うむ、と、勘一さん頷きます。

「〈トミプロ〉の北ちゃんはそれで大丈夫だろうさ。〈御法興業〉の方は、若いもんには任せられねぇ。すまねぇが海さん」

「任せてください」

「俺と海さんと秋実ちゃん、サチと、そしてキリちゃんを乗せて五人だな」

まるで誂《あつら》えたようにぴったりです。

「僕たちは？」

拓郎くんが言います。

「おめぇたちは学生さんだ。怪我でもさせたら親御さんに申し訳がたたねぇから連れて行けねぇよ。悪いが、ここの留守番をしてくれや。何がどうなってここで電話連絡をつける事態になるかもしれねぇからな」

「でも」

香澄ちゃんです。珍しく頬を紅潮させていますね。

「〈LOVE TIMER〉の皆さんだってそんなに年は変わりません。それぞれのご両親も勘一さんはよくご存じなんですよね？」

香澄ちゃんはちらりとジローちゃんの方を見たような気がします。

「そりゃあそうだが」

勘一さんは苦笑いします。

「こいつらは、まぁミュージシャンっていうカタギの商売じゃあねぇが立派な社会人だ。社会人と学生の違いはな、てめぇのケツをてめぇで拭けるかどうかよ。こいつらが決めたことで何があっても、そいつは突っ走った自分の責任ってもんだ」

言葉は悪いですが、確かにそうです。

「もっとも、こっちにも息子の幼馴染みを守る責任ってもんがあるからな。悪いがジロー、おめぇは留守番しててくれ」

「え！　親父さん何でですか俺だけって！」

「車の運転はプロに任せようぜ。海さんの運転は間違いねぇが、おめぇが事故ったりしたらそれこそ皆のおふくろさんたちに顔向けができねぇ。それによ」

勘一さん、にやりと笑います。

「ねぇとは思うが、こっちで何かあったとき、腕っぷしの強い留守番は必要だ。まさかここに男手は拓郎一人なんてわけにもいかねぇだろう。〈LOVE TIMER〉の喧嘩大将はおめぇだろうが」

「確かに！」

ジローちゃんが拳を握りました。ジローちゃんの腕っぷしが役に立つような事態にはならないとは思いますが、確かに留守番にジローちゃんがいてくれれば安心です。

秋実ちゃんが、申し訳なさそうな顔をしています。

「なんだか、本当にあたしのせいで皆に迷惑を掛けているみたいで」

「大丈夫だ」

勘一さんが優しく言います。

「秋実ちゃんが気にするこたぁない。北ちゃんは我南人やこいつらの大事な仲間だからな。その北ちゃんの恋人のキリちゃん。キリちゃんの親友の秋実ちゃん。皆、繋がってるじゃねぇか。なぁ」

「そうだよ秋実ちゃん」

ボンちゃんが言います。

「むしろ、感謝してるよ。秋実ちゃんがキリちゃんを助けようとしなきゃ、僕らは北ちゃんの人生最大の危機を何にも知らずに過ごすところだったんだからね」

「そうそう、むしろお礼を言いたいよ」

トリちゃんも言いました。

「終わったらさ！」

ジローちゃんが言います。

「北ちゃんの稼ぎで皆で宴会やろうぜ！　あいつ儲かってんだろうからさ！」

そうだそうだと皆が騒いだときに、電話が鳴りました。電話はさっきから座卓の勘一さんの正面に置いてあります。

勘一さんがすかさず受話器を取りました。

「はい、堀田でございます。おう、我南人か。うん」

我南人からですね。皆が注目しています。

「なに？　こっちは上手く行きそうだ？　そりゃあ結構なこったがこっちってどっちだ。何が上手く行くんだ。メモ？　もう用意してある」

勘一さんが鉛筆を持って、何やら書き出しました。

どこか、都内の住所ですね。

「どこだこりゃ。どこでもいいっておめぇな。うん、キリちゃんと北ちゃんをか。それはいいけど、ここは安全な場所なのか。あ？　心配ないっておめぇな。うん」

海坊主さんがその住所のメモを読んで、少し首を捻っています。何か心当たりがある住所でしょうか。練馬区ですが、残念ながらわたしには心当たりがありません。

「そこで交渉だとぉ？」

勘一さんが皆を見回します。

交渉って。

「本当なんだろうな。まぁわかった。おめぇはどうするんだ。あぁ、わかった。ここはおめぇの顔を立ててやる。よし」

電話を切り、溜息をつきながらわたしを見ました。

「そこに行けって、我南人ですか」

訊くと、勘一さん頷きます。

「どこなんですかここは」

「これはたぶん、使われていない撮影スタジオですぜ」

海坊主さんが言いました。

「撮影スタジオですか？」

勘一さんも頷きます。

「そう言ってたぜ。なんでもここを〈御法興業〉と〈トミプロ〉との交渉の場所にするんだそうだ」

「交渉の場所ってことは、え？　それって」

　秋実ちゃんです。

「せっかく保護するのに、また二人を連れて？」

「そうですよ。それなら無理矢理保護する必要はなくて」

　トリちゃんがそう言ってから、あ、と、自分で気づきました。

「そうか、そうしなきゃ両方の事務所が交渉のテーブルにつかないからか」

　そういう話になるのですね。

　海坊主さんが、にやりと笑って頭をごしごしと擦りました。

「こりゃあ、さすがですな。まさか保護した二人をすぐさま交渉のタマにしようとは、俺も思いついてもこの状況では言い出せませんぜ」

　本当です。二人のことを考えたらそれはとても酷な話ですよね。勘一さんも、顔を顰めました。

「まぁ、そこまでやらねぇと二人の将来が見えてこねぇってことだろう。何をするのかわからんが、やってみるしかねぇさ。いずれにしろ二人をきっちり保護しなきゃならねぇってこった」

＊

駐車場の隅で、二台に分かれてずっと待っていました。

運転席には海坊主さん、助手席に勘一さん、後ろにわたしと秋実ちゃんです。

もう一台には、運転手は海坊主さんの事務所のドライバーさん。腕は確かで東京都内ならどこでもわかるそうです。助手席にはボンちゃん、後ろにトリちゃんが乗っています。もうそろそろ収録が終わる六時ですが、我南人はまだ現れません。

北ちゃんの方は、あのお二人の男性と一緒に車に乗るのでしょう。こう言っては申し訳ないですけど、ボンちゃんとトリちゃん、それに我南人がいれば北ちゃんを保護するのは簡単そうです。何より、北ちゃんも優男には見えますがあれで昔は我南人と一緒に暴れもした子です。問題はないでしょう。

もちろん、こちらも勘一さんと海坊主さんがいれば大丈夫です。ただ、一緒にいるキリちゃんを傷つけるわけにはいきませんから、そこはわたしと秋実ちゃんの連携が大事になります。

「どこに行こうと、車を停めないと冴季キリは降ろせませんからね」

海坊主さんが言います。

「向こうが車を停めたらすぐに後ろから小突きますぜ」

「小突くって」

「大丈夫。ほんの少しぶつけるだけです。向こうの車もこっちの車も丈夫ですから中の人間は怪我なんかしませんぜ。ただ、マネージャーたちの頭に血を上らせるだけです」

海坊主さんが笑いながら言います。

「そこで、必ず一人が降りてきます。冴季キリの隣に座るマネージャーでしょうな。運転手は降りません。何故なら不測の事態のときにすぐ車を発進させなきゃならないからです。冴季キリはマネージャーに挟まれて真ん中に座っています。俺はすぐに車を降りて謝りながら近づきます。これで、向こうは安心しますぜ。何故ならこっちの運転手が降りたから、車を出してしまえば追ってくるのに時間が掛かるからですね。俺は降りてきたマネージャーを無視してすぐさま運転席に近づき車を動かせないようにします」

「そして俺は降りてきた野郎をぶん投げる。あとは車に乗っているもう一人だ。向こうが驚いている間に海坊主さんがそいつを脅す。その隙に」

「わたしと秋実ちゃんでキリちゃんを連れ出すのですね」

その通り、と、勘一さん頷きます。

「応援の二人が〈裏御法〉だろうと、最後までキリちゃんについているのはいつもの普通のマネージャーのはずだ。それで大丈夫だろう」

「あ！」

秋実ちゃんが声を出します。

「我南人さんです！」

本当です。どこへ行っていたのかタクシーが停まったと思ったら我南人が降りてきました。こっちに小走りで近づいてきます。

勘一さんが窓を開けました。

「どこに行ってたんだよおめぇはよ」

我南人が笑います。

「お説教は後でねぇ。秋実ちゃん」

「はい！」

秋実ちゃんが前に身を乗り出して答えます。我南人は窓から顔を突っ込むようにして言いました。

「キリちゃんを助けたらぁ、必ず伝えてねぇ。絶対に上手く行くから僕を信用してってぇ」

「わかりました！　伝えます」

「まぁ向こうで会うけどね。じゃあ、親父ぃ、海坊主さんぅ」

「任せろ。おめぇは北ちゃんの方を上手くやれ。もう来るかもしれねぇからとっとと向こうに乗れ」

我南人が勘一さんに向かって拳を握りしめて見せ、そして向こうの車に走って行きました。乗り込む様子が見えます。

何かというと喧嘩になってしまう親子なのですが、こういうときは男同士と言いますか、何も言わないでもお互いに信頼し合っているのだなと感じます。

そして、そういうときに女親なんかつまらないな、と、心の中で苦笑いしてしまうこともあります。あの二人にとってはわたしはいつも守るべき存在で、二人で前に出て行ってしまうのです。お前はそこで待ってろ、と言って。

こんなときにも、女の子がいたらなぁと思いますよ。

でも、今回は一緒ですものね。

ふと気づくと、秋実ちゃんがきれいな形の瞳を少し大きくして、わたしを見ていました。

「どうかしましたか？」

秋実ちゃんが訊いてきます。

「ううん、なんでもないわよ」

微笑んで、秋実ちゃんの手を握りました。秋実ちゃんもにっこり笑って、握り返してきました。

「頑張りましょう。キリちゃんのために」

「はい！」

良い笑顔です。これが終わったら、秋実ちゃんの中にある憂いも取り除いてあげたいと心から思います。

あの、亡くなったお母さんや、お父さんに関係しているかもしれないという中島という男の一件も片づいてはいないのですから。

小一時間も待ったでしょうか。時刻が六時半を回った頃です。

「来ましたぜ」

運転席の海坊主さんが言いました。見ると、確かにあれは北ちゃんです。広島さんと池島さんに挟まれるようにして、やってきた車に乗り込みました。そして、ゆっくりと車は発進していきます。

振り返ると、我南人たちが乗った車も動き出して、その後を追っていきます。

「安心してください。あいつなら絶対に撒《ま》かれたりしませんから」

海坊主さんが言いました。

「キリちゃんも来るかな」

秋実ちゃんが言います。

「女の子だから、男よりは遅いんじゃねぇか？」

勘一さんの言葉の通り、どんどん通用口から見たことのある歌手の方々が出てきますけど、ほとんど男の人ですね。皆がそれぞれに車に乗り込んでいきます。

「自分で車を運転していく方もいるんですね」

「そうですな。車好きの男性歌手にはそういうのもいますぜ。事務所としては事故を起こされても困るんで、運転手付きの車に乗ってほしいんですがね」

それはそうでしょう。そういえば何故か我が家の男性は、勘一さんも我南人も車には興味を持ちませんね。いえ、免許も持っていますし人並みには知っているのでしょうけど。

「来た！　キリちゃん」

わたしも見えました。間違いなく冴季キリちゃんです。マネージャーさんに挟まれるようにして、車に乗り込んでいきます。

「出ますぜ」

海坊主さんが車を発進させます。ウインカーを点けて、大きな通りへ出て行きます。間に何台か入ってしまいましたけど、それをすいすいと除《よ》けるようにして近づいていきます。それなりに混んではいますが渋滞している感じはありません。

どこへ向かっているのかは、まったくわかりません。全員で前を見つめて、キリちゃんの乗る車のテールライトを見失わないようにしています。

「キリちゃん、小さい頃から車が好きでした」

　秋実ちゃんが静かな声で言います。

「施設には前庭があるんですけど、そこの横は意外と車が通るんです。キリちゃん女の子なのに車が好きで、ジャングルジムの上に座ってずっと眺めていました」

「珍しいな、女の子なのにな」

　勘一さんが優しい声で応えます。

「いつかおっきい車に乗りたいなって言ってました。だから、キリちゃんがスカウトされたときに、運転手さんがいるような大きな車に乗れたらいいねって話していたんです」

「少なくとも、その夢は叶《かな》ったのね」

「はい」

　その夢を壊してしまうような今の事態を何とかしなければいけません。そしてキリちゃんの新しい夢である幸せな結婚を何としても実現させてあげたいものです。

　車はどうやら港区の方へ向かっているようです。大きな通りを抜けて細い道を走っていきます。外は暗く、どの辺りなのかは不慣れなところなのでさっぱりわかりませんが、住宅街の中を走っていることは間違いありません。

「準備してください」

　海坊主さんが言いました。わたしはわかりませんでしたが前を走る車が減速して停まります。マンションの前です。

「行きます」

言うと同時に、こちらの車が停まりました。衝撃のようなものはまったくなかったのですが、どこか急にブレーキを掛けた感覚はありました。

海坊主さんがすかさず飛び出していきました。

「どーうもすみません！」

大きな声です。同時に勘一さんも飛び出していきました。

「行くわよ」

「はい！」

後部座席のドアを開けます。開けた瞬間に男の人の足が宙を舞うのが見えたので、きっと勘一さんが背負い投げをしたんでしょう。怪我をさせないことだけを祈ります。

「キリちゃん！　こっち！」

「秋実ちゃん！」

わたしが車の中に身体を飛び込ませるようにして、そしてキリちゃんを引っ張るようにして外に出します。

「向こうの車に乗って！」

急ぎます。わたしたちが全員車に戻るのと同時に、勘一さんも海坊主さんも戻ってきて、そしてほとんど間《ま》を置かずに車が発進しました。

「怪我は!?」

勘一さんに訊きました。

「あぁ、するわけねぇだろう」

「あなたではなく、向こうの人にです」

「大丈夫だって。まぁ二、三日はケツが痛くてしょうがねぇかもしれないがな」

それぐらいで済んでいればいいんですが。

キリちゃんがきょろきょろと驚いています。

「どうしたの!?　どこへ行くの？」

「大丈夫」

秋実ちゃんがキリちゃんの手を握りしめました。

「ごめんね、急にこんなことをして」

キリちゃんが思わずといった感じで秋実ちゃんにしがみついて行きました。

「ぜんぜん平気!　でもこんなにすぐに来てくれるなんて!」

嬉しそうにそう言います。本当に仲良しなんですね。

「あのね、キリちゃん」

ひとしきり二人で抱き合い言葉をかけ合った後に、身体を離して秋実ちゃんが言います。

「うん」

「運転している人は、〈海部芸能〉っていう芸能事務所の社長さん。海部さんです」

「お世話になっています！　冴季キリです」

反射的にそう言います。芸能事務所と聞いて、ついそういう挨拶になってしまうんですね。海坊主さんも大きく頷きました。

「こちらこそ。挨拶はまた後ほど」

「そして、こちらが、我南人さんのお父さんで勘一さん」

「我南人さんの」

「おっと、名乗りはいいぜ。キリちゃんだな。よろしく頼むぜ」

「はい！　じゃあ」

キリちゃんがわたしと勘一さん両方に眼をやります。

「〈LOVE TIMER〉の我南人さんのご両親」

「そうなの。騒がせてごめんなさいね」

「いいえ」

「それでな、キリちゃんな」

助手席から身体を捻って勘一さんが言います。

「はい」

「これから、その俺の息子の我南人がな、準備をしているらしい場所に行くんだ。どうやら使われていない撮影スタジオらしいんだが」

キリちゃんが、頷きます。

「そこには三条みのるも、まぁ俺らにすると北ちゃんだが、我南人と一緒に来る」

「みのるさんも！」

笑顔になりました。嬉しそうに頷きます。

「どうやらな、そこであんたの事務所と向こうの事務所、揃って片を付けるらしい」

「そうなんですか」

少し難しい顔をしました。

「でも、どうやって」

「それはね」

秋実ちゃんです。

「向こうで我南人さんが説明してくれるはず。絶対に上手く行くから、信用してって言っていた」

秋実ちゃんを見て、キリちゃん、大きく頷きます。信頼し合っているんですね。それが伝わってきます。

「でも、秋実ちゃん」

「うん」

「いったい、どうやって〈LOVE TIMER〉の我南人さんと知り合ったの？　さっきは訊けなかったんだけど」

「あー、それはね」

苦笑いしました。

「話せば長くなっちゃうんだけど、簡単に言うと、キリちゃんの居場所を知りたくて〈御法興業〉に忍び込もうとしたんだけど」

「秋実ちゃん」

キリちゃんが言います。

「すっごく嬉しいけどそんな危ないことを」

「そうそう、でもね、そこで見つかっちゃって、逃げているところを偶然、本当に偶然近くでのコンサートが終わって帰ろうとしていた〈LOVE TIMER〉の皆さんに助けられたの。それで、我南人さんは自分の家にあたしを連れて行ってくれて」

そうだったのか、と、キリちゃんわたしを見て頷きます。そうだったんですよ。

「なんか」

キリちゃんが眼をパチパチさせて嬉しそうな顔を見せました。

「すごく、運が良かったんだね秋実ちゃん！」

秋実ちゃんも大きく頷いて、にっこりしました。


この辺のはずですがね、と、海坊主さんが言います。わりと淋しげな辺りに来てしまったようです。工場のようなものもありますが、個人の住宅もあります。

「あぁ、そこです。その塀の中ですぜ」

コンクリートの塀がずっと続いているところがありました。撮影スタジオというので何かビルのようなものを想像していたんですが、違うようですね。

「ここはですな」

海坊主さんが言います。

「ちょいと前までは映画の撮影なんかに使われていた古い撮影所なんですよ。近頃じゃちょいと手狭で不便になったんで新しいところに引っ越して、確かそろそろ潰されるはずなんですがね」

そういうところですか。

「門が開いてるな」

鉄の大きな門です。なるほどそう言われて見れば確かに映画撮影にも使われるような雰囲気があります。海坊主さん、ゆっくりと中に車を進めていきますが、建物のどこにも明かりが点いていないので本当に真っ暗です。

「あいつらの車じゃねぇか」

勘一さんが指差した方に、車の赤いテールライトが見えます。海坊主さんがハンドルを切ってそちらに車を向かわせました。

「間違いないですな。うちの車です」

横に並ぶようにゆっくりと停めると、向こうの車の後部座席から飛び出すように北ちゃんが出てきました。

「みのるさん！」

キリちゃんも、飛び出すように出て行きます。二人が抱き合いました。車のヘッドライトの灯《ひ》しかありませんが、それこそまるで映画のワンシーンのようです。

あぁ、ボンちゃんにトリちゃん、我南人も車から出てきました。わたしたちも車を降ります。

「良かったねぇ北ちゃん」

我南人がまだ抱き合っている北ちゃんの肩を叩きます。それで、ようやく二人は身体を離しました。少し照れ臭そうにしています。

「おい、我南人」

勘一さんが我南人を呼びます。

「ここはなんだ」

「見ての通り使われなくなった撮影スタジオだよぉ」

「そいつはわかってるよ。なんでおめぇがこんなとこを知ってて、しかも勝手に使えるようになってるんだよ」

我南人が笑います。

「後で話すよぉ」

そう言って、くいっ、と左腕を上げて時計を見ます。

「そろそろかなぁ」

勘一さんが近くに寄りました。

「向こうの連中も来るのか」

「来るよぉ。きっと大勢でねぇ」

顰めっ面をして、勘一さんが言います。

「どうやって〈御法興業〉と〈トミプロ〉両方同時に渡りを付けたかってのも後回しか。まさか『二人を誘拐したから来い』って言ったわけじゃねぇだろう」

そうですよね。そんなことをしたら警察沙汰になってしまいます。

「何もかも始まればわかるよぉ。とにかく皆来るから、その中に入ろうよぉ。少しは暖かいだろうからさぁ」

我南人がすたすたと歩いて、三階建てぐらいの、大きな四角い箱のような建物の小さなドアから中に入っていきます。大きな鉄扉がありますから、きっとここが撮影スタジオで、大きな扉は搬入口なんでしょう。

中は暗いのですが、何故かテーブルが真ん中ぐらいに置いてあります。そこに電気スタンドが何台か点いていて、かろうじて歩いていける明るさになっています。何の変哲もない、テーブルですよ。会社で会議に使うようなものでしょうか。

「なんだこりゃ」

寒々とした光景ですよね。それに、使われていなかったというのがよくわかる埃《ほこり》っぽさです。風が遮られますから少しは外よりも暖かいですけど、暖房など入っていないのでやはり肌寒いですね。

「みんな、聞いてよぉ」

我南人です。テーブルのところに立ったので、電気スタンドの明かりで姿が見えます。

「もうすぐ、〈御法興業〉と〈トミプロ〉の人が一緒に来るからねぇ。たぶんだけどぉ、〈御法興業〉はおっかない人も来るんじゃないかなぁ。でもぉ、いきなり喧嘩したりしないようにねぇ。特に親父はぁ」

「てめぇに言われたくねぇな」

そうですよね。我南人が笑っています。

「念のためにぃ、キリちゃん、秋実ちゃん、そして母さんはぁこっちに立って男たちで囲んでおこうかぁ。ボン、トリ、海坊主さん、親父よろしくねぇ」

うむ、と皆で頷いて移動します。

「あ、キリちゃんの顔と姿は見えるようにしておいてねぇ。そして北ちゃんは僕の隣ぃ。これで向こうから入ってきた連中に、顔が見えるねぇ」

そういう配置になりました。皆で集まるとおしくらまんじゅうのようになって、ちょっと暖かいですか。

「それにしてもぉ」

我南人が、相変わらずのんびりとした口調で言います。どんなときでもそういうふうに振る舞えるのはもう才能としか言えませんね。

「北ちゃんがまさかこんなことをするとはねぇ。僕たちの中でもいちばんの奥手だったのにねぇ」

北ちゃんが、苦笑いしました。

「そうだったかな。でもこんなところで言わなくても」

「そうだったよお前」

トリちゃんです。

「あのね、キリちゃん。こいつね、エッチな本をオレたちが見せると、真っ赤になって見ないようにしてたんだぜ」

「案外むっつりスケベだったのかもね」

　ボンちゃんも笑います。

「やめろお前たち」

　北ちゃんが言って、皆で大笑いします。キリちゃんもちょっと恥ずかしそうにして笑っています。そうです、いつもこんな感じでした。いい仲間と出会えるというのは人生の宝になりますよね。

　外で、次々と車が停まる音がしました。皆が一斉に扉の方向を見ます。

「来たねぇ」

　我南人が言います。勘一さんの表情が引き締まり、海坊主さんの身体が一層大きくなったような気がしました。

「後は、僕に任せてぇ。キリちゃんも北ちゃんも何も言わなくて、話さなくていいからねぇ。あとの皆も向こうの安い挑発に乗らないようにねぇ。黙ってじっとしててねぇ」

　キリちゃんの身体に緊張が走るのがわかりました。秋実ちゃんが手を握ってあげています。ガンガン！　と音がするのはあの大きな鉄の扉を開けようとしているんでしょうか。

でも、開かなかったのでわたしたちが入ってきた小さな扉から入ってきました。暗いのでよくはわかりませんが、たぶん男の方ばかりです。

ぞろぞろとやってきました。中にはその歩き方でいかにも、の、方もいらっしゃるようです。

「うぉい!!　何だここはぁ!!」

いきなり怒声が響きました。キリちゃんが身体を硬くします。けれども、誰も何も反応しません。言われた通り、ひたすら、無視です。

普段の勘一さんなら嬉々《きき》としてあの中に飛び込んでいって全員をやっつけてしまうんでしょうけど。

「おい！　何か言ったらどうだ！」

何人かの方が騒ぎますが、黙って動きません。我南人は、にこにこ笑っています。どうやら、十人ばかりはいるようです。何人が〈御法興業〉で何人が〈トミプロ〉かはわかりません。

「静かにしろ」

その中で、誰かが重く静かに言いました。

そこで、我南人が一台の電気スタンドを動かして、向こう側に光が届くようにしました。それでようやく顔が見えるようになりました。

「誰がいるかと思えば〈海部芸能〉さんがいるんじゃないか」

どうやらこの方です。

「どうも、お世話様で」

海坊主さんが応えた相手は、身長こそ海坊主さんより大分低いですが、随分と恰幅《かっぷく》の良い男性です。ぎょろりとした目玉、オールバックの頭にスーツ姿。お年はおそらく六十代でしょうか。

雰囲気からしても、間違いなく、この方が〈御法興業〉の御法蔵吉さんですね。

「海部さんが関わっていたのかいこの騒ぎに。そりゃあこちらが二人揃って一本取られるはずだよな」

御法さんが海坊主さんに向かって言います。

「いいえ、私はね、ただの運転手ですよ」

「運転手？」

海坊主さんが、そうですよ、と続けます。

「私は何もしてませんでね。ただ頼まれて車を運転してきただけです。そちらの〈LOVE TIMER〉の我南人さんの言う通りにね。あぁ、富弥さん」

海坊主さんに呼ばれて、御法さんの斜め少し後ろにいた方が前に出てきました。こちらもスーツ姿ですが、幾分かはすらりとして髪の毛は少し長めです。黒縁眼鏡が知的な印象を与えます。

そうです、見覚えがあります。あの頃より貫禄《かんろく》がついていますが、確かに、ジャズ・ミュージシャンだった富弥さんですね。

「あなたには見知った顔があるでしょう。堀田さんですよ。覚えてませんか？　戦後すぐに一緒にステージに立ったこともある〈TOKYO BANDWAGON〉の」

「え？」

富弥さんが一歩前に出てきて、わたしたちを見ました。

少し眼を細め、それから、あぁ！　という表情になります。

「あの、古本屋の！　あ、じゃあ！」

富弥さんが我南人を見ました。何かに気づいたようですね。

どうやら富弥さんの記憶の中ではわたしと勘一さん、そして〈東京バンドワゴン〉や〈LOVE TIMER〉の我南人が、まるで繋がっていなかったようですね。

「ご無沙汰していました富弥さん。その節はいろいろお世話になりまして」

勘一さんが一歩前に出て、頭を下げました。わたしもそうします。

「堀田サチです。お元気そうで何よりです」

「いやこれはどうも、本当にお久しぶりです」

富弥さんが一瞬笑顔になりましたが、すぐに真顔に戻ります。

「すると、〈LOVE TIMER〉の我南人くんは」

勘一さん、にやりと笑いました。

「俺とサチの一人息子でしてな。この度はこんな感じでいろいろと騒がせてしまいましたが、ひとつよしなにお願いしますよ」

本当に、こんな形でなければ、お茶を飲みながらあの頃の懐かしい話をいろいろとできたと思うのですが。残念です。

御法さんが、ガン！　と靴で床を蹴りました。

「なるほど、ようやくお互いにどういうメンツかは理解できたようだな。それで？　その古本屋さんとロックバンドの〈LOVE TIMER〉の皆さんが揃って、うちの冴季キリと、そちらの三条みのるを無理矢理に連れてきた、と。〈LOVE TIMER〉のボーカリスト我南人さんってわけだな？　これを全部仕組んだのは」

「そうですよぉ、御法さん」

御法さん、ジロリと我南人を睨《にら》みます。

「まぁこうやって堂々と出てきたことだし、そちらさんもまだ若い。未来ある音楽家だ。うちの連中を多少痛めつけたのは勘弁してやるとして、これから、どうしようっていうんだね。何を始めるのかさっさと教えてくれるとありがたいんだがな」

「御法さんぅ、残念だけどぉ、僕の出番はここまでなんですよぉ」

「何ぃ？」

「後は、任せるよぉ！」

我南人が、そう大きく叫びました。

その途端に、大きな音がスタジオ中に響き渡り、思わず耳を押さえてしまいました。

二

いきなりです。

大きな音は、あの大きい方の鉄の扉が開く音でした。それがスタジオ中にこだましたんです。

重そうな扉の開く音がしたと思ったら、突然にスタジオの中がまるで昼間の様に明るくなりました。眩《まぶ》しくて一瞬眼が見えなくなるぐらいの光。

これは、照明です。ライトの灯です。

とても強いライトが大きな扉から入ってきて、広いスタジオの隅から隅までを照らしているのです。

「いやー、どうもどうもー」

男の人の声が響きました。

そのライトに照らされてまるでシルエットのようになっていて顔も姿もわかりません。

でも、この声は。

「おめぇは！」

勘一さんが驚きます。

皆も、驚いています。

そうです、一色さんです。

〈日英テレビ〉の、プロデューサーの一色武男《たけお》さん。

「あれ？　なに？　ここ緊迫した場面だった？　お呼びでない？　お呼びでない？　お呼びじゃないよねぇ私が勝手に来たんだからねー」

おどけて、笑っています。

ようやく眼が慣れてきてその姿が見えました。いつものダブルのスーツに派手なネクタイ、そしてトレンチコート。

一色さん、手にはマイクを持っています。

その手のマイクをゆらゆらと動かします。そして、一色さんの後ろにはテレビカメラを構えたカメラマンがいます。いえ、カメラマンだけではありません。あれはきっと集音マイクですね。見たことがあります。そしてこの明るさを作り出しているのは、照明さんです。

つまり、テレビ中継をするスタッフさんが全員揃っているんです。

「はい！〈御法興業〉の御法社長！　そして〈トミプロ〉の富弥社長！　お世話になっておりますね。お仕事お疲れ様です。〈日英テレビ〉のプロデューサー一色でございます。あ、そんなに慌てても無駄ですよ皆さん。もうその眼に入っていますよね。後ろに控えしは我が〈日英テレビ〉が誇る中継スタッフです。もちろん録画してますからねー。録画だけじゃなくてですね、すぐにでも！」

一色さんが、右手を振り上げて、パチン！　と指を鳴らしました。

「こうやって私が合図するだけで、途端に生中継とも切り替えられますからね。今やってるドラマをむりやり中断して全国のお茶の間にこの光景をそっくりそのまま生放送しちゃいます！　司会はもちろんこの私、一色武男。あ、まだ切り替えてませんからご安心くださいね。あー、そっちの物騒な雰囲気の方々、そうそうあなた方ね。隠れようったって無理ですよここはがらんどうなんですから。懐の中の危ないものは出さないでおいた方がいいですよー。全部映っちゃいますよー。そしてその物騒なものでカメラレンズ撃たないようにねー高いんですから。仮に撃っちゃってももう二台来てますから。準備は万端整ってますよー」

生中継ですか。

すると、スタジオの外には中継車も来ているってことですね。

思わぬことに動きを止めていた皆が、ようやく何が起こっているのかを理解して動き出しました。もうスタジオの中は全部見えます。

「一色さんよ」

御法さんが、苦々しい表情を浮かべて言いました。

「これは、何の真似かね？　突然カメラ抱えてやってきて撮り始めるなんて、いくらなんでも失礼千万じゃないかね？」

重々しく言って一色さんを睨みつけます。富弥さんもそうですね。同じことを言いたいのでしょう。小さく顎を動かして、一色さんを見ています。

一色さん、少しも動じません。ニコニコと笑っています。

「いやぁ御法さん。駄目ですよぉそんな低い声で脅したってねぇ。あ、脅してないか。ただ意見を言っただけですね。こりゃ失礼」

言いながらマイクを床に置き、コートを脱ぎました。それをひょいと放ります。次にスーツの上着も脱いで、それも同じように投げ捨てます。何をしようとしているのかと、皆が少し首を傾げています。

一色さん、ニヤニヤしながら今度はワイシャツの袖を捲《まく》り上げました。そうして再びマイクを手にし、急に真顔になります。

「さぁ！　始めましょうか皆さん。この一色武男一世一代の大博打《おおばくち》！　とくとご覧あれ！　じゃねぇな。ご静聴よろしく！」

　右腕を振り下ろしてまるで合図をするかのように、キリちゃんを指差しました。すると、キリちゃんに強いライトが当たりました。キリちゃんの隣には秋実ちゃんとわたしがいますので、当然わたしたちも目立ってしまいます。

「冴季キリ！〈御法興業〉のトップアイドルだ。悲しい過去はあるもののその独特のアンニュイな雰囲気と確かな歌唱力で将来性は抜群だ！　若い時代を過ぎたってシンガーとして生き残っていくのはお墨付き！　かたや！」

　今度はビシッ！　と北ちゃんを指差します。ライトが当たって、我南人もそこに浮かび上がりますがこちらは慣れたものですね。ニコニコと笑っています。

「三条みのる！〈トミプロ〉の誇るスタータレントだ。その洗練された容姿で俳優としての将来が楽しみだ！　家柄の良さに加えて音楽的なセンスも才能もある！　ミュージシャンとしての道だって前途洋々だ！　おまけに隣にいるのはあの〈LOVE TIMER〉のボーカリスト我南人だ！」

　パン！　と自分の腿の辺りを叩きます。

「冴季キリと三条みのる！　この二人がなんと恋をした！　恋人同士になった！　お互いに愛を確かめ合った！　まだまだ若い二人だけどそんなのは関係ない！　愛するのに年齢なんか関係ないですよね？　それはもう私たち大人はわかってますよね？　ところ

がどっこい二人が所属する事務所は犬猿の仲だ。しかも二人はドル箱スターだ！　この恋を許してくれるはずがない。二人はそれをわかっていた。でも、一縷《いちる》の望みを持って相談してみた。そうしたら案の定だ！」

バッ！　と大袈裟に腕を振り上げ人差し指を高く突き上げました。

「脅された！　しかも強硬に！　〈御法興業〉は裏で怪しいことをやってるし、〈トミプロ〉だっておきれいなことはやっていない。それを二人はよく知っていたから、身の危険さえ感じた！　これはもう駆け落ちするしかないんじゃないかとまで二人は思い詰めた！　そしたらなんとマネージャーさんを増やして見張りを付け出した。住んでいる家まで変えて軟禁紛《まが》いのこともしようとした！　つまり、二人をもう絶対に連絡を取らせないようにしたんだ！」

今度は御法さんと、富弥さんを順番に指差しました。

「聞きましたよぉ、お二人がそれぞれに浴びせた脅し文句の数々をね。御法社長、あんたは冴季キリに、三条みのるを二度と歌えないように葬ってやるって言ったんだって？事故どころか殺してやるって言ったんだって？　恐いねぇ恐いねぇさすが元はおっとどっこいそれは言わないでおこうか。そして富弥さん、あんたは三条みのるに冴季キリのスキャンダルをでっちあげて抹殺しようかって言ったんだって？　酷《ひど》いなぁあんたはいつからそんな芸能界にどっぷり浸かった人間になってしまったのかなぁ」

そこまで言って、一色さん、にこりと笑って肩の力を抜きました。そして、胸ポケットから煙草を取り出して火を点けました。

紫煙が、照明の明かりの中を流れていきます。

「一色さん」

富弥さんが動きます。

「駄目ですよ富弥さん。動かないでねぇ。私に近づいたり、そっちで待っている皆さんに少しでも何かしようとしてごらん。すぐに生中継に切り替えますよー。私はね、そこにいる〈LOVE TIMER〉の我南人くんに何もかも聞きましたよ。あなた方の脅し文句の数々をね。証拠はない？　そんなものねぇ、お茶の間がどっちを信用するかですよ。我南人くんはね、冴季キリちゃんの親友の恋人だ。そして三条みのるは元々は〈LOVE TIMER〉のメンバーだ。どっちを信用するかは明々白々。あ、言うのを忘れてましたけど後ろにいる人々の中には雑誌の芸能記者の諸君もいますからね。新聞社の記者を呼ばなかったのは私の情けですよー。雑誌なら記事を事前にチェックできますからねぇ。危ないことは書かれないで済みますからねぇ。万全でしょう？」

これはもう、ぐうの音《ね》も出ません。

御法さんも富弥さんも、何も言えないし動けません。

「とは言っても！　私たちテレビ局とあなた方は一蓮托生《いちれんたくしょう》！　このままあなた方の汚

点だけ世間に広めちゃあねぇ、私たちだって後味が悪いし後で何されるかわかったもんじゃない。ここはあれですよ。私の顔でまるっと丸く収めないかい？」

ここで、御法さんと富弥さんが顔を見合わせました。

お互いに顰めっ面をしています。どうにも動きようがないと思います。たとえ腹に一《いち》物《もつ》抱えていたとしても、二人とも生き馬の目を抜く芸能界を渡り歩いてきてトップの地位にいる方々です。この場はどうにもできないことは理解しているでしょう。

富弥さんが、少し動きました。

「一色さん。いったいどういうふうに丸く収めるんですか。こんなに大事《おおごと》にしてとても収まるとは思えませんけどね」

一色さんが、ちっちっち、と、人差し指をまるでワイパーのように動かしました。

「富弥さーん。芸能界一のアイデアマンであったはずのあなたがわかりませんかぁ」

「なんだと？」

ニヤリと笑い、一色さん、再び人差し指を天高く突き上げました。

「結婚記念コンサート！」

「結婚記念コンサートぉ？」

富弥さんと御法さんだけではありません。

わたしたちも思わず叫んでしまいました。でも、我南人だけはにこにこ笑って、北ちゃんの肩を叩いています。

「おそらくは芸能史上初！　しかもゴールデンタイムに生放送！　いいですよぉ、視聴率バンバン取れますよぉ。きっとね、テレビ史上最高の視聴率間違いなし！　場所はまだ取ってないけど武道館でどうです！」

武道館ですか。

「トップアイドルの冴季キリと三条みのる！　それに加えて、テレビ初登場の人気ロックバンド〈LOVE TIMER〉！　前代未聞のジョイント結婚記念コンサートを一緒にやるんだよ。武道館で！　どうだい！　〈LOVE TIMER〉が出るって言えばその他の仲良しのバンド連中も出るよ！　そのコンサートの上がりも、さらには当日のコンサートアルバムを作ってその売り上げも〈御法興業〉と〈トミプロ〉で折半！　こんな騒ぎを起こして迷惑を掛けた〈LOVE TIMER〉にはペナルティとして当日のギャラなし！　ほらこんな公平でいい話はない！　そして私は視聴率トップ男の称号！　どうでしょうこれで！　実に見事な裁きじゃないですか？」

勘一さんが思わず笑い出しました。

「そりゃいい。一色さん！　お見事だ！」

「お褒めに与《あずか》り光栄ですよ勘一さん！」

一色さんがこちらに向かって手を振ります。

「さぁどうです御法さん富弥さん。いいですよね？　やりますよね？　ここでそんなことできるかって言ってごらんなさいな。私は指をパチンと鳴らしますよ！　遠慮なく全部バラしちまいますからね。あんたらのあることないこと」

「脅してんじゃないか！」

　御法さんの言葉に、一色さん、急に真顔になりました。

「脅してるんじゃない！」

　大きく足を振り上げダン！　と床に打ち付けました。

「まだわからないのか！　御法社長！　富弥社長！」

　一色さんが、怒っています。

　あの、いつもへらへらしている一色さんが、怒りの表情で二人を睨みつけています。

「私は芸能界の、テレビの、業界の！　未来の話をしているんだ！　売れれば何をやってもいい、タレントは自分たちの駒だ商品だ消耗品だ！　潰れればどっかから補給すればいい。そういう今の状況を作っちまったのはあんたたちだ！　俺たちだ！　本当にこの国の芸能はそれでいいのかって話を今、しているんだ！　そんなもんじゃないだろ本当のエンターテインメントってのは！　人々の慰めに、喜びに、感動に、芸術の神にすべてを捧げてたくさんの人たちに夢を与えるのが、エンターテインメントだろう！　俺たちはそういうものを作っていくんじゃないのか！」

一色さんが、腹の底から声を出して、怒っています。

「そしてその舞台で輝くスターたちが！　本物の輝きを放つために！　全ての愛情を持って育て上げ、己の才覚を注ぎ込み、明るいライトで照らすのが、照らし続けるのが！ただそれだけが、俺たちの仕事じゃないのか！」

こんな一色さんを見るのは初めてです。これこそが、これを伝えたいがために、一色さんは我南人の策に乗ったのですね。

「さ、どうです」

急に笑顔に戻りました。

「この条件でいいですね？　もちろん後で契約書を作ってもらいますがね」

御法さんが、富弥さんが、苦々しい顔をしつつそれぞれに頷き合いました。

「しょうがねぇな」

「わかりました。その条件で呑みましょう」

まだ何か言いかけたのですが、一色さんが急にその場で跳び上がりました。

「オッケー！　さぁオッケー出ましたぁ！　じゃあ舞台さん！　大道具さん！　急いで準備を頼むぜ！」

今度はたくさんの男の人が入ってきました。皆さん、腰にベルトを巻いてそこにいろんな道具を吊《つ》るしています。皆がそれぞれに声を掛けながら大きなパネルなどを運んできました。一気に辺りが騒がしく、そして熱気に溢れてきました。

「何を」

御法さんが、富弥さんが慌てています。

「決まってるでしょうが。テレビで生会見ですよ！　冴季キリと御法社長、三条みのると富弥社長！　四人揃って、今！　ここで！　生放送！　緊急テレビ会見！」

「生放送!?」

「いやぁ、海千山千のお二人がいくらこの場で約束したって口約束だ。このまま帰したらその二人をどうするかわかったもんじゃないですからねぇ。今この場で、セットを組んで緊急生放送！　冴季キリと三条みのるが結婚！　そして仲人役になった〈LOVE TIMER〉に、仲間の〈ニュー・アカデミック・パープル〉〈ろまんちっくなふらわぁ〉〈金丸バンド〉も一緒に出る結婚記念コンサート開催！　ま、その辺のバンドはあくまでも私の趣味でして、出演は今後の交渉次第ですけどね。新しい時代の新しい音楽と、新しいアイドルたちの夢のコンサート開催のお知らせを今ここで！」

一色さんが大きく笑います。

「おっと、こんなことしてタダで済むと思ってるのかなんておっかない台詞はもう無しですよ。私はねぇ、おもしろい番組作るためならこの命なんかいつでも捨てたっていいんですからね」

そう言って、一色さん、わたしたちの方を見ます。

「どうです？　完璧でしょう？」

思わず皆で拍手をしてしまいました。

＊

緊急テレビ会見が終わりました。

ただ、わたしたちはそれを近くで見ていただけなので、お茶の間でどんな騒ぎがあったのか、他のテレビ局やマスコミがどれだけ騒いでいるのかはまるでわかりませんでしたけど想像はつきます。

明日から、いえ今夜から本当に大騒ぎになるでしょうね。

〈御法興業〉さんが帰っていきました。

何か言いたげな顔はしていましたけれど、何も言わずに。

そして〈トミプロ〉さんも。

でも、富弥さんは、帰り際にわたしと勘一さんのところまで来てくれました。そして苦笑いしながら握手を交わしました。

「落ち着いたら、ただの昔馴染みとしてゆっくりお店にお邪魔しますよ」

「待ってますぜ」

その顔は、昔、ステージが捌けた後にかずみちゃんによくお菓子をくれた、優しいミュージシャンの富弥さんでしたよ。

その場で話し合いが持たれて、キリちゃんと北ちゃんの身柄はきちんと新しい契約が済むまで、とりあえず海坊主さんの〈海部芸能〉さんが一時的に預かることになりました。

御法さんも、富弥さんも、海坊主さんが仕切ってくれるなら、決まっている今後の仕事に穴を空けることもないだろうと納得してくれたのです。そして、結婚記念コンサートも含めた今後の新しい契約書作りの全てに海坊主さんが同席します。

もちろん、海坊主さんが監視役をしなくても、これだけ派手に全国放送してしまったんですから、もう〈御法興業〉さんも〈トミプロ〉さんも無茶なことはできませんでしょう。

むしろ、一色さんが言っていたように、これを機にしてどうやって新しく〈冴季キリ〉と〈三条みのる〉を売っていくかを両者が向かい合って同等の立場で話し合えば、ひょっとしたら芸能界がより良く新しくなるための契機になるかもしれないのです。わたしたちもそれを望みます。

そして、今夜だけは、キリちゃんと北ちゃんを我が家に泊まらせることにしました。

明日の朝に、〈海部芸能〉さんの車が迎えに来ることにしてもらったのです。

特にキリちゃんは秋実ちゃんと話したいことが山ほどあるといった感じですから、今夜は眠れないかもしれませんね。

北ちゃんは、我南人、トリちゃん、ボンちゃんと向こうで楽しそうに立ち話をしています。たぶん、テレビを観ていただけのジローちゃんは悔しがっているでしょうけど、もうすぐ会えますよ。

あの頃の様に、皆で我南人の部屋で雑魚寝《ざこね》をするといいと思います。

一色さんが連れてきてくれたテレビ局のスタッフの皆さんが片づけをする中、それが終わるまでは帰れないと、勘一さんと一色さん、海坊主さんが並んで立って、煙草を吹かしながらその様子を見つめています。

わたしは、勘一さんの脇に並んでいました。

勘一さんが紫煙を流して言います。

「我南人のせいで随分と無理したんじゃねぇのか、一色さん」

勘一さんが言うと、一色さん、肩を竦めました。

「ぜーんぜん無理なんかしてませんよ。むしろ我南人くんがわざわざ来てアイデアを話してくれたときには、もう思わず天まで昇る気持ちになりましたよ。こんな機会を逃すテレビプロデューサーなんかこの世にいませんって」

「まったくですな」

海坊主さんです。

「これで一色さん、あんたは将来の役員間違いなしでしょう」

　一色さんは、いやいやいや、と手を振って笑います。

「そんなことを考えていませんよ私は。ま、なったらなったでそれはいいんですが、私は現場が好きなんでね。いつまでもこんなふうに、祭りの終わりまで眺めている立場でいたいですね」

　本当に嬉しそうにしています。

「時代は変わるんですよね勘一さん」

「うん？」

「〈LOVE TIMER〉ですよ。何度も言いますけど、私は彼らの音楽が大好きなんですよ。新しい風なんです。あれがテレビに乗って全国に流れれば、古い価値観に縛られた連中なんか吹き飛んじまうんですよ」

「お前さんだって古い人間じゃないのか」

「冗談ポイですよ。私はねぇ、テレビジョンの人間ですよ。いつもいつでもどんな時代になっても、新しく時代を作る連中の味方なんです」

「あんたもなんでしょうな」

　海坊主さんです。

「なんです？」

「音楽が世界を変えるって信じている、そういう馬鹿な男の一人なんじゃないですか」

一色さんが、笑いました。

「その通りです」

そうですね。そういうふうに思っている人はたくさんいます。

うちの馬鹿息子も、その一人ですね。

「親父ぃ、母さん」

我南人が近寄ってきました。秋実ちゃんを連れていますね。

「なんでぇ」

「明日の朝だけどぉ、朝ご飯が終わった頃に若木さんがうちに来るからねぇ」

「若木さんが？」

勘一さんと顔を見合わせました。秋実ちゃんも、今聞いたのですね。そうなんですか？　という表情で、我南人を見ました。

「まぁ、何もかも済んだら確かに報告しなきゃいけねぇし、秋実ちゃんも家に帰さなきゃならないからいいけどよ。おめぇが呼んだのか？」

「そうだよぉ。大事な話があるからねぇ。秋実ちゃんもぉ、そのつもりでねぇ」

「はい」

何があるのか、という表情で秋実ちゃん頷きます。もちろん、若木さんがあの放送を観ていたとは限りませんから、事の顚末《てんまつ》を全部説明しなきゃなりませんので大事な話ですけど、それとはまた別の話があるような口ぶりでしたね。

「さ、そろそろ終わりますよ」

一色さんが言います。

「皆でザギンで一杯と言いたいところですが、それはまたの機会ってことで」

そうですね。明日も早いです。

皆で我が家に帰りましょう。

＊

翌朝は、本当に賑やかでした。

何せ、キリちゃんと北ちゃんが泊まったのです。いえ、人気アイドルの冴季キリと三条みのるですよね。セリちゃんに拓郎くん、香澄ちゃんはもうどうしたらいいかわからないって感じでした。ジローちゃん、ボンちゃん、トリちゃんも、北ちゃんと話すよりキリちゃんとたくさん話したがっていましたよ。

もちろん、キリちゃんと北ちゃんには仕事が待っています。

海坊主さんの事務所の人が迎えに来る前に朝ご飯を済ませて、支度をしなければなりません。昨日の夜は大忙しでしたから、何も用意できませんでした。

白いご飯におみおつけの具は大根と油揚げにしました。卵は玉葱とピーマンとソーセージを切って一緒に炒めてスクランブルエッグ風です。ほうれん草のおひたしにはかつお節をかけて。鮭を焼いて、カボチャの煮物の余りに、鶏そぼろの作り置きがあったのでそれを餡《あん》かけにしました。それから冷奴に焼海苔。

勘一さんとわたしの他は、我南人、ボンちゃん、トリちゃん、ジローちゃんに北ちゃん、秋実ちゃんにキリちゃん、そして拓郎くんにセリちゃんに香澄ちゃんと若者ばかりの食卓で、皆が揃ったところで「いただきます」です。

「おばさんの手料理、本当に久しぶりです」

北ちゃんが笑顔で言ってくれました。キリちゃんも美味しいと言ってくれて、二人で笑みを交わし合いましたが、これからが本当に大変です。環境も何もかもガラリと変わってしまうでしょうけど、この二人なら大丈夫でしょう。

こんなにいい仲間がたくさんいるんですからね。

朝ご飯が終わり、後片づけが終わって皆がそれぞれに出て行くと、静けさがそこに残ります。キリちゃんと北ちゃんは、迎えに来た海坊主さんの事務所の車に乗り、それぞれの仕事へ向かっていきました。住むところもしばらくは〈海部芸能〉の持つ寮に部屋を用意してくれたので、そこで過ごします。自由に連絡が取れると言ってましたから、安心です。

〈LOVE TIMER〉の皆も、また後でと帰っていきました。この騒ぎで自分たちのバンドのことは放ったらかしでしたからね。

残ったのは秋実ちゃんだけです。

「我南人は？　どこへ行ったのかしら」

姿が見えません。

「さっき、ちょっと人を迎えに行ってくるからって。すぐに戻るそうです」

秋実ちゃんが言いました。

「迎えにですか？」

誰が来るのでしょう。秋実ちゃんも、さぁ？　と首を捻ります。

「若木さんのことか？」

勘一さんが言います。

「違うでしょう」

若木さんはもう我が家を知っています。迎えに行かなくても、もう着くとさっき電話がありました。誰のことかはさっぱりわかりません。

「あぁ、ほら見えましたよ」

お店の戸が開き、鈴がりん、と鳴ります。

「おはようございます」

「おはようございます。わざわざ申し訳ありません」

一昨日と同じように、若木さんがいらっしゃいました。

「さ、どうぞどうぞ」

居間に上がると秋実ちゃんも今日は立ち上がって迎えました。一昨日とは雰囲気が違いますね。お互いに笑みを浮かべています。

「もう足は大丈夫？」

「まだ走れないけど、歩ける。大丈夫」

「そう、良かった」

そこで若木さん、膝をついて座り、勘一さんに向かって頭を下げました。

「どうも本当に秋実がお世話になりまして。その上、桐子までもが」

「いやぁ世話だなんてとんでもねぇ。こっちが随分と迷惑を掛けちまって、本当に申し訳ありませんでしたね」

わたしも勘一さんと一緒に頭を下げます。昨日の放送を若木さんは観たそうです。あの後に電話して、大体のところは理解してもらっています。

「それにしても、本当にびっくりしましたあの放送には。いきなりでしたからね」

「でしょうな。しかし俺らは結局あの場にいただけで、放送自体は観ていないんですがね」

「本当に、大騒ぎでしたよ！」

若木さんが言います。

「周りの家で悲鳴が上がるのを聞いた子もいますからね」

悲鳴も上がったかもしれませんね。何せ、北ちゃんは、三条みのるは大人気のアイドルです。ファンの女の子たちには申し訳ないことをしちゃいましたかね。

「でも、本当に良かったです」

「しかしまぁ、これからですぜ。きっとキリちゃんも自由にそちらに連絡できるようになりますからね。何せ結婚となると、キリちゃんの家族は若木さんたちしかいないんですからな」

「そうなのママ先生」

秋実ちゃんが言います。

「先の話だけど、結婚式をするときには、ママ先生に母親役をやってほしいってキリちゃん言ってた」

若木さん、微笑みます。

「嬉しいわ。もちろん、私で良ければ何でもするんだけど」

「私は結婚する前に高校卒業してほしいなぁ」

そう言って若木さん笑います。そうでしたね、秋実ちゃんもキリちゃんもまだ高校三年生。キリちゃんは東京の、芸能人が多く通う高校に通っているそうですけど。

「ま、それはきっと北ちゃん、あぁ三条みのるも考えてますよ。あいつはあんなふうですけど、昔っからしっかりしてましたからね」

若木さん、微笑んで頷きます。そして、少し辺りを見回します。

「それで、あの、我南人さんは」

そうなんです。まだ帰ってきません。

「何をやってるんだか。すみませんな」

勘一さんがそう言ったところで、声がしました。

「お待たせしましたぁ」

我南人です。庭から声がします。

いつも言いますがどうして玄関や店の入口から帰ってこないのでしょう。皆がそっちを見ると、我南人の後ろにスーツ姿の男の方が立っています。どなたでしょうか。見覚えがありません。

でも、若木さんが腰を浮かせました。その顔に驚きが浮かんでいます。


「けど？」

「あぁ、若木さん。驚かせてすみませんぅ。大丈夫ですよぉ、この人、悪い人じゃないですからぁ。さ、上がってくださいよぉ」

我南人に続いて、その方は頭を深く下げてから、縁側に上がります。

「申し訳ないです。お邪魔します」

悪い人じゃないと言いました。すると、この方は。

勘一さんと顔を見合わせましたが、唇を少し歪めましたね。秋実ちゃんはまだきょとんとした顔をしています。

「この人はぁ、中島伸郎さん。元は〈集英組〉のヤクザでぇ、今は〈裏御法〉の〈法末興業〉のプロデューサー。でも、昨日でそれは辞めちゃったけどねぇ」

「中島と、申します」

膝をついた中島さんが、また深々と頭を下げました。

やっぱりそうでしたか。秋実ちゃん、ようやく気づいたようです。さっ、と身体が動きましたが、我南人がそれを止めました。

「大丈夫、秋実ちゃん。落ち着いてよぉ。親父ぃ」

「おう」

「昨日のあれだけどぉ、実は中島さんが〈御法興業〉と〈トミプロ〉に渡りを付けてくれたんだぁ。それで、あいつらが黙って、揃ってあのスタジオまで来てくれたんだよぉ。

だからぁ」

我南人が今度は秋実ちゃんに言います。

「全部一色さんがやってくれたみたいになってるけどぉ、実は、この中島さんがいなかったらぁ、あの作戦は立てられなかったんだぁ。皆の隠れた恩人だねぇ」

秋実ちゃんが眼を丸くします。

勘一さんが頷きました。

「そんなこったろうと思ってたぜ」

「知ってたんですか？」

訊くと、苦笑いしました。

「一色の野郎を〈LOVE TIMER〉のテレビ出演を餌に引っ張り出すのは、まぁ簡単っちゃあ簡単だが、〈御法興業〉と〈トミプロ〉の連中を同時にあの場に引っ張ってくるのは、我南人一人じゃできねぇだろうってな。裏に誰かいるんだろうとは考えてたさ」

そう言って、勘一さん正座をします。

「堀田勘一です。この度は愚息がお世話になりまして。ありがとうございました」

「いや、とんでもないです」

中島さんがまた頭を下げます。それから続けて若木さんにもまた頭を下げました。

「先日は、失礼しました。どうにも言葉足らずで、恐い思いをさせてしまったようですみませんでした」

若木さんも眼を白黒させていますよ。

「でも、どうしてそんなことに」

秋実ちゃんが訊いて、我南人が、うん、と頷きます。

「この間秋実ちゃんも言ってたけど、秋実ちゃんをナイフで傷つけたのは中島さんじゃないよねぇ。他の男だよねぇ。むしろ中島さんはぁ、秋実ちゃんに落ち着いてもらいたいって言ってなかったかい？」

「え？」

「僕はぁ、あのときに後ろで聞いたよぉ。中島さんが『無茶すんな』って優しい声で秋実ちゃんに言ったのをねぇ。それに秋実ちゃんに向かって手を伸ばしかけてた。あれはぁ起き上がらせようとしてたんだと思うんだぁ」

秋実ちゃんが驚いた顔をして我南人を見ています。

そして、何かを考えています。

そのときのことを思い出そうとしているんでしょう。

「そうかも、しれない」

そう言って中島さんを見ます。中島さんは、ばつの悪いような、何とも言えない表情をしています。

「その上でぇ、あの秋実ちゃんの親の話だよねぇ。これはきっと中島さんならちゃんと話ができるんじゃないかと思ってさぁ、昨日会いに行ったんだよねぇ。どういうことなのか詳しい話を聞きたくてさ。ここから先は中島さんに話してもらった方がいいねぇ」

　中島さんが、静かに息を吐きました。

　そして、わたしたちを見回してから口を開きます。

「俺は、若い頃に〈集英組〉というところにいたチンピラでした。紛れもなくどうしようもない野郎です。もう二十年近くも前の話ですが、俺の面倒を見てくれていた兄貴分が、名野辺五郎《なのべごろう》という男です」

　そう言って、秋実ちゃんを見ました。名野辺五郎さんと言うんですね、秋実ちゃんの父親は。

「あんたの、いやすみません、秋実さんの父親です」

　秋実ちゃんが、息を吞みました。父親のことは手紙からもわかっていたことですけど、改めて確認できたわけです。

「そして俺は、この秋実さんの母親である雪子さんに、随分と可愛がってもらいました。あの頃のチンピラの生活なんて、ひょっとしたらわかってもらえるかもしれませんが悲惨なもんです。食うもんもろくに食えなくていつもひもじい思いをして、弱い人間を脅してタダ飯を喰らってしのぐとかそんな生活です」

勘一さんが頷きました。わたしたちはよく知っていますよね。

「そんな中で、雪子さんは、もちろん金なんかない暮らしの中で工夫して、俺の飯までよく作ってくれていました。自分だって兄貴から、名野辺からろくな生活費も貰っていなかったのにです。俺は、こういうふうに言うのを、許してほしいんですが」

一度言葉を切りました。唇を引き結びます。

「雪子さんを、好きでした。そもそも雪子さんと知り合ったのは俺の方が先でした。ですが、兄貴分の女になってしまい、どうしようもできないことはわかっていましたが、好きでした。雪子さんに辛く当たる名野辺をぶん殴って、雪子さんの手を引いて連れて行きたいと何度思ったかわかりません」

少し息を吐きます。

中島さん、一度眼を閉じました。

それから、ゆっくりと開けて続けます。

「そんな中で、秋実さんが生まれたんです」

優しく微笑みます。

「雪子さんは、それはもうあんたを、秋実さんを慈しみました。幸せそうでした。秋実さんが、この子が私のところに来てくれたから、どんな生活にも耐えていける。そう言っていました。この子が私の生き甲斐《がい》だと。命よりも大事な娘だと。雪子さんは何度も俺にそう言っていました。本当です。俺はこの耳で聞いています。あの人の心からの幸せそうな笑顔を何度もこの眼で見ています」

ゆっくりと、秋実ちゃんに言い聞かすように、中島さんは言いました。

秋実ちゃんが、唇を噛みました。

その瞳が潤んでいます。

「兄貴が、名野辺がどうしておかしくなってしまったのかを、詳しく言うつもりはありません。もう、とっくにこの世にいない男です」

「死んだのかい」

勘一さんが訊くと、頷きました。

「雪子さんに刺されたのが原因じゃありません。重傷でしたが、生きていました。その後は地方に飛ばされつまらないヘマをしてそこの抗争で殺されました。間違いありません。名野辺が死んだのは、雪子さんのせいじゃないんです」

きっと我南人にあの手紙のことを聞かされていたんでしょう。中島さんは、秋実ちゃんと若木さんに向かってはっきりと言いました。

若木さんが、静かに息を吐きました。少しホッとしたのでしょう。

「確かに、名野辺はろくでなしでした。悲惨な生活もしていました。それでも、秋実さんが生まれてからは、間違いなく親子三人で楽しく笑って過ごしていた時間がありました。それも、俺は見ていました。知っています」

　秋実ちゃんに向かって言います。

　勘一さんが静かに頷きます。わたしもです。

　何があっても、親子の間にはそういうときが確かにあるのだと願いたいですし、そうだったのですね。

「雪子さんがあんなことになってしまったときに、俺はいなかったんです。つまらない仕事で地方に行っていました。傍《そば》にいなかった自分をとことん恨みました。よほど、秋実さんの居場所を調べて自分が、雪子さんにとって命より大事な子供を自分が引き取って、とも思いました。でも俺自身も今よりもハンパな男でした。そんなことができるはずもなく、見守ることもできずに今まで生きてきました。それでも」

　中島さんの眼にも光るものがあるような気がします。

「忘れたことはありませんでした。雪子さんのことを、その娘である秋実さんのことを」

　中島さんが、ふと、スーツの内ポケットに手をやって、何かを出しました。

　写真です。

　それを、秋実ちゃんの前に置きました。

「これが、あんたのお母さんの、雪子さんです。抱っこされているのが、秋実さんです」

　古い写真です。モノクロの、もう角が磨《す》り減ってきているような写真。

どこかの建物の、アパートの前でしょうか。確かにそこには、可愛らしい赤ん坊を抱いて幸せそうに優しそうに微笑む女性が写っています。

髪形こそ違いますが、秋実ちゃんにそっくりです。いえ、秋実ちゃんが似ているのです。赤ん坊にも、今の秋実ちゃんの面影がはっきりとあります。

「お母さん？」

秋実ちゃんが、静かに言います。

中島さんが、頷きました。

「そうです。俺が、撮った写真です。ずっと、ずっと持っていました。どうぞ、よければ貰ってやってください」

そう言って中島さんが頭を下げます。

秋実ちゃんが写真をそっと手に取りました。じっと、その大きな瞳で見つめて、瞳から涙がこぼれ落ちてきます。写真をゆっくりと、胸に押し付けるように、大切に抱くようにします。涙がどんどん溢れてきました。

「ありがとう、ありがとうございます」

小さな声で、震える声で、秋実ちゃんが中島さんに言いました。

勘一さんも、唇を引き結んで天井を見上げています。涙がこぼれないようにしているんでしょう。若木さんがハンカチを眼に当てています。

我南人が、秋実ちゃんの背中に優しく手を当ててました。

「良かったねぇ秋実ちゃん。お母さんの顔が、わかったねぇ」

秋実ちゃん、何度も何度も頷きます。我南人の胸に頭を寄せました。

少しの間、誰も何も言わないで涙を流す、静かな、けれども優しい時間が流れました。

「秋実」

若木さんが言います。

「私もね。手紙を貰う前から、あなたが施設に来たときからずっと思っていたの。きっとこの子のお母さんにはとんでもない事情があって、あなたを置いていくことしかできなかったんだって。本当は離れたくなかったはず。だって、服に〈秋実〉って刺繍が入っていたのよ？　そんなお母さんが、ただ捨てるはずがないって」

うん、と、秋実ちゃんは涙を流しながら頷きました。

本当にそう思います。

「中島さん」

涙を隠すように掌で眼を押さえた後に勘一さんが言います。

皆が顔を上げて、居住まいを正して勘一さんを見ます。

「あんたが我南人の策に乗ったのは、〈御法興業〉と〈トミプロ〉を脅してすかして大人しくあの場に来させたのは、これがあったからってことですかい」

中島さんが頷きました。

「俺みたいな男が何を言ってもあれでしょうが、あの夜に秋実さんを見た瞬間に確信しました。これは、大きくなった雪子さんの娘だと。そして、そのとんでもない偶然に思いました。俺は、どれだけハンパな人生を送ってきたのかと。どうしてちゃんと、おこがましいですが、たとえばこの子を迎えに行けるような人生を送ってこなかったのかと神様に言われたような気がしました。もう一度確かめようと会いに行ったのですが、ついい」

「地が出ちまったってことかい」

勘一さんが優しく笑います。中島さんも苦笑いしました。そういうことだったのですね。若木さんも納得したように頷きました。

「何にしても、感謝しますぜ。あんたがいなけりゃこんなに丸くは収まらなかった」

勘一さんが、もう一度頭を下げました。とんでもない、と、中島さんは少し慌てます。

勘一さんが頭を上げて、中島さんと正面に向き合いました。中島さんも、勘一さんを見つめます。

何か、まだ言いたいことがある。聞きたいことがある。そんな雰囲気を勘一さんは一瞬浮かべましたが、ただ、微笑みました。

そのときが来るまで、聞かなくてもいいことがあるのかもしれません。わたしも、そんな気がします。

「それで、どうするんですか。あんた〈御法〉を辞めちまってこの先まずいことにはならねぇんですかい」

「それはまぁ、大丈夫です」

中島さん、苦笑いします。

「ただロートルタレントを右から左に動かしていただけの男です。俺程度の男の代わりはいくらでもいますし、辞める俺に構うほど向こうもヒマじゃありません。何せ昨日の件で上を下への大騒ぎになっていますからね」

「そうかい」

「どうせ自分一人です。何をやっても喰っていけますんで」

勘一さんが頷きます。

「中島さんよ」

「はい」

「ここの近所の〈篠原《しのはら》建設〉ってところの社長が顔馴染みでしてね。人手はいくらあってもいいって時代だ。あんたさえ良かったら雇うように話をして顔つなぎするけど、どうだい」

中島さんが、少し驚きます。

「それは、ありがたいお話ですが、何で俺みたいなのに」

「なぁに」

　勘一さんが笑います。

「息子がさんざん世話になったんだ。親がそれぐらいの恩を返すのが筋ってもんで」

「いいえ！」

　ちょっと皆が驚きました。若木さんです。

「中島さん」

「はい」

「うちに来ていただけないでしょうか。正式な職員として」

　秋実ちゃんが思わず眼を丸くしました。いえ、皆がです。中島さんも口を開けて驚きましたよ。

「俺が、ですか？」

「そうです」

「孤児院、いや、養護施設に？」

「はい」

「いや、若木さん、でしたか。俺は元ヤクザですぜ？」

「だからです」

若木さん、大きく頷いて言います。

「私たちの家にいるのは、弱い立場の子供たちばかりです。そういうところに変な言い掛かりをつけてくる不逞《ふてい》の輩《やから》はけっこういるのです。私たちは何度も何度も恐い思いをしているんです。そういうときに、あなたのような裏の社会を知り尽くした方が、そして子供好きの方がいてくれるのは本当にありがたいのです」

なるほど、と、勘一さんが頷きます。確かにそれはそうかもしれませんね。

「それに、恩と言うなら、私は今回、大事な子供である桐子と秋実、二人の可愛い娘をあなたに救ってもらったことになるんです。これで恩を返さなければ私が恩知らずになってしまいます」

中島さんが慌てていますね。

「いやしかし、俺が子供好きなんて」

「好きですよ。きっと好きです」

笑顔で若木さんが言い切ります。中島さんも困り顔を見せながらも否定はしません。

雪子さんを思い、そしてその娘であった秋実ちゃんのために今までの自分を捨てた中島さんを、若木さんは子供のために働ける人だと見たということでしょうか。それとも、若木さんも何かを感じましたか。

「あなたは、きっと子供のために働ける人です。私は、今日のお話を聞いて確信しました」

そう言う若木さんの瞳は、真剣です。本当にそう思ったのでしょう。

わたしもそう思います。秋実ちゃんを見つめる中島さんの眼は、親のように優しいものでしたから。ひょっとしたら、その奥にあるものの何かは、今後お付き合いを重ねていけば見えてくるかもしれません。

勘一さんが、笑いました。

「まぁ昨日の今日だ。中島さんも立つ鳥跡を濁さないように始末があるでしょう。身の振り方はまた後でゆっくり話し合うってことでどうでしょうな？」

若木さん、頷きました。

「中島さんも、いいですな？　何も言わずに消えるってのは、なしですぜ」

少し下を向いて、中島さんは息を吐きます。顔を上げて、少しだけ頬を緩めてくれました。

「わかりました。ありがとうございます。必ずまたお邪魔します」

二、三日は後片づけでバタバタするので、終わり次第電話することを約束してくれて、中島さんは帰られました。

このまま、うまく話がまとまってくれればいいなと思います。

そして、秋実ちゃんです。

明日は月曜日。学校へ行かなきゃなりません。若木さんはもちろん秋実ちゃんと一緒に帰るつもりで今日は来られたのです。

「改めて、本当にこの度はお世話になりまして」

若木さんが頭を下げました。

「いやとんでもないです。こちらこそ随分とっちらかったことになっちまって申し訳なかったですな」

本当にです。わたしも勘一さんと一緒に頭を下げました。

「サチさんにも、秋実のことを気遣っていただきまして」

若木さんが言います。

「とんでもないですよ。楽しかったんです」

本当ですよ。

「秋実ちゃんと過ごせてまるで娘ができたみたいで嬉しかったですよ。ほら、うちにはこんな息子しかいませんし」

「悪かったねぇ」

我南人が言い、皆が笑います。

「秋実ちゃんよ」

勘一さんが、言います。

「はい」

「前にも言ったが、いつ遊びに来てもいいからな。本を借りたきゃあいくらでも持っていっていいぜ」

「ありがとうございます」

秋実ちゃんが笑って頷きます。でも、ちょっとどこか何か言いたそうな表情を見せていますね。唇がもごもごと動いています。

若木さんもそれに気づきましたね。

「なぁに？　お礼ならもっとちゃんと言わないと」

「いや、あ、いやじゃなくて、お礼もそうなんだけど」

秋実ちゃん、もじもじしていますね。

「勘一さん」

「ほいよ」

「あの、あたしと我南人さんを、その、婚約者にした話は、あの」

あぁ、と、勘一さんが笑いました。

「祐円とかに言っちまったもんな。心配しなくていいぜ。そのうちに適当にごまかしておくからよ」

「や、あの、我南人さんも、その」

「あぁ！」

我南人が、突然に大きな声を上げて皆がびくっ、としましたよ。

何ですか急に。

「もしもぉ、本当に秋実ちゃんがお嫁に来てくれたって大歓迎って言ったねぇ。そのことかなぁ？」

秋実ちゃん、頬が真っ赤になってしまいました。

「はい、あの」

まさか、そうなのですか？

我南人がにっこりと微笑みました。

「いつでも歓迎だよ。何だったらこのままうちから学校に通えばいいよぉ」

「本当に!?」

秋実ちゃんが嬉しそうに伸び上がるようにして言い、思いっきり笑顔になっています。

「おめぇな！」

勘一さんが慌てたように言います。若木さんが眼を丸くして秋実ちゃんと我南人を見ています。

「我南人、そんな女の子にとっていちばん大切なことをそんなに軽々しく」

わたしが言うと、我南人はまたにっこり笑って頷きます。

「大切なことだからこそ、何度でも言うよぉ。僕はぁ、いつ秋実ちゃんをお嫁さんにしてもいいよぉ」

秋実ちゃんが、笑顔で頷いています。

「だって、LOVEだねぇ」

LOVEだねぇ？　ですか？

何ですかそれは。

「初めて会ったときからぁ、僕の心の中は秋実ちゃんへのLOVEで満たされているからねぇ」

若木さんが、思わずといった感じで噴き出してしまいました。笑い出してしまいました。笑いながら秋実ちゃんの肩を叩いています。

「何だよそりゃ」

「LOVEだねぇって」

勘一さんもわたしも、呆れるよりも、笑ってしまいました。

そして、秋実ちゃんの本当に嬉しそうな笑顔を見て、喜んでいるのを見て一緒に嬉しくなってしまいました。

笑って、喜ぶしかないじゃないですか。

エピローグ

晩ご飯の洗い物をしていたら玉三郎とノラが足元にやってきて、にゃあん、と鳴いた。

「藍子《あいこ》ー。玉とノラが晩ご飯足りないって。おやつ欲しいって言ってるわよー」

居間で藍子が「はーい」って返事をすると、すかさず二匹してたったったった、って走っていった。絶対に猫って人語を解するって思うんだけどなぁ。言ってもお義母さん以外は誰も賛同してくれないんだけど。

珍しく、本当に珍しく、ひょっとしたら出産以来初めてかもしれない、藍子と二人きりの夏の夜。二人しかいない。

お義父さんは山へ芝刈りに、じゃなくてお義母さんと一緒に栃木へお知り合いの葬儀へ出かけてしまって、拓郎くんとセリちゃんは二人揃って里帰りの最中。紺《こん》は仲良しの幸介《こうすけ》くんの家へお泊まりにお出かけ。

我南人さんは、今頃北海道の札幌でコンサートの真っ最中。

だから、家の中には私と藍子の二人きり。あ、玉三郎とノラがいるから二人と二匹。

「よし」

洗い物終わり。

明日の朝も二人きりだから朝ご飯は起きてから作れば問題なし。牛乳もあるしパンもある。洗濯物も全部畳んだし。

「うん」

やるべきことは全部やった。後はお風呂に入って寝るだけ。

「ねぇ藍子ぉ」

居間に戻って座って藍子に訊いた。

「お母さんさ、お風呂から上がったらビール飲んでいーい?」

「んー、一本だけならいいよー」

「やったー！　ありがとー」

思いっきり抱きしめて、じゃあお風呂入ろう！　って言ったら笑いながらちょっと！　ってはねのけられた。

「今、歌うの！　観てるの。これ終わってから」

テレビでは歌番組。あら、この人たちは最近の藍子のお気に入りの、確か北海道出身のバンド。

大ヒットしている歌が流れてきた。

「いい歌だよね。カッコいいし」

「うん。でも、お父さんたちには敵わないよ」

「あ、そうですか」

我が娘は父親が大好き。あんまり家にはいないのに。あんまりというかほとんどいないのに。我南人さんたち〈LOVE TIMER〉のレコードをしょっちゅう聴いているし。

それでいて、音楽的な才能があるかなー、って思ってピアノでも習わせようかと思ったら、まるで駄目だったし。そして何より、歌。

ごめんね藍子。

あなたが歌があんまり、いえとんでもなく上手くないのは絶対にお母さんに似てしまったの。この破滅的な音程を持つ母に。本当に悪かったと思ってるから。

お風呂から上がって、冷蔵庫からビール持ってきて、一口。ぷふぁーって言いたくなるけどそこは我慢。また藍子に怒られちゃう。

「いやー、美味しい」

「美味しいの？」

「美味しいわよぉ。大人になったらね。わかるから」

藍子はオレンジジュース。

「大人になったらわかることがたくさんあるんだね」

「そうだね」

もう小学校でもお姉ちゃんだもんね。いろんなものに、大人たちに興味を持つような年頃になってきたんだよね。

ねぇ玉とノラ、暑いわ。そんなに近寄らないでお願い。

「お母さんとお父さんさ」

「うん」

「どうやって知り合ったの？」

あら。

「えー、なんで知りたくなった？」

「なんとなく。四歳違うんだよね？」

「そうね。四つ違い」

「学校じゃないよね？」

「うん、違う」

そうだね。藍子が知り合う男の子は、みんな学校の友達だもんね。

「知り合ったときには、もうお父さんミュージシャンだったんだよね？　お父さん言ってた」

「そう」

そうだったよ。

「他にも聞いた？」

ううん、って首を振って笑った。

「なんか、いろいろ適当にだよぉって言ってた」

適当にじゃないでしょう失礼な。まぁ小学生の娘に話せるような、理解できる内容ではないんだけど。

「知り合ったのはね、お母さんが高校三年生のときだよ。お父さんは、もうレコードデビューもしていたミュージシャン」

「ファンだったの？」

「ぜんっぜん。かろうじて知っていただけ」

ちゃんと説明するのはとっても難しい。

「あのね、藍子」

「うん」

「どうやって知り合ったかを説明するのはとっても難しいっていうか、大人にならないとわからない事情がてんこ盛りなのよ」

「てんこ盛り」

「そう。きっとお祖父ちゃんお祖母《ばあ》ちゃんに訊いても、うーん、ってどう言えばいいか首を捻る。だからね。藍子が、そうだな、中学生になったら教えてあげよう」

「中学生は大人じゃないよ」

「そうだけど、でも中学生ぐらいだったら理解できる」

「何を？　大人の事情を？」

どう言えば、いいかな。

「やっぱり、LOVEかな」

「LOVEって？」

我南人さんの心の中にたくさんあるもの。

私が、我南人さんやお義母さんやお義父さんにたくさん貰ったもの。

藍子や紺や、ひょっとしたらこれから家族になる子供たちにあげたいもの。持ち続けてほしいもの。

「LOVEだねぇ」

「それはお父さんの口癖だよ」

うん、そうだね。

でもね、藍子。
それをお父さんが初めて言ったのは、私にだったんだよ。

あの頃、たくさんの涙と笑いをお茶の間に届けてくれたテレビドラマへ。

解説

久田かおり

あまり書店回りなどをされない小路さんと直接お会いしたことがある、というのは書店員としてちょっとした自慢になる。さらに私にはもう一つ鼻高々に自慢できるポイントがある。不肖アタクシひさだは、四年前に勢いで迷子エッセイなるものを上梓《じょうし》したのだけれど、その時に小路さんから応援コメントを寄せていただいたのである。寄せていただいたというか無理やりお願いしたのだけれど。でも、日本に書店員多しと言えども小路さんからコメントを送られた書店員はそうそういないはず。そんな私にこの「東京バンドワゴン」シリーズの解説依頼が届いたのである。これはもう喜んで全力で書かせていただくしかあるまいて。

もともと家族小説が大好物の私にとって、堀田家というのは魅力の塊である。なんといっても家族の人数が多い。多いのにそれぞれにキャラがたっていて誰が誰だか途中でわからなくなるなんてことがない。その一人一人に語るべきことがあって、ネタが尽きない。

しかも舞台が古本屋ときたもんだ。書きたいことだらけじゃないですか！

シリーズ第一弾の『東京バンドワゴン』が世に出てすでに十三年。一口に十三年って言いますけど長いですよ、干支《えと》が一周回って通り過ぎていきましたからね。それだけ多くの人に愛されているシリーズってことですね。

ここで、今作がファースト「東京バンドワゴン」という読者の方のために、ざっくりとシリーズのご説明をいたしましょう。

東京の下町にある古本屋〈東京バンドワゴン〉を舞台に、店主の勘一、その息子の金髪長髪現役ロッカー我南人、我南人の子ども藍子、紺、青と、藍子の夫のマードック、紺の妻の亜美、青の妻のすずみ、そしてそれぞれの子どもたち、花陽、研人、かんな、鈴花という大家族が、巻き起こすというか、巻き込まれるというか、首を突っ込むというか、とにかく次々と起こる問題や謎を解決していく物語。

ここだけ聞くと、なんとなくほのぼの和気あいあいとした大家族物語のようだけれど、実はこの堀田家、結構複雑。藍子は、学生の時未婚のまま不倫相手の子どもを産んじゃうし、青は我南人の愛人の子どもで、長く母親が誰なのか秘密だったし、その妻すずみはなんと藍子の不倫相手の娘だったりする。そういうちょっとワケありで悩みを抱えた家族だからこそ、他人の問題を放っておけなくなるってわけです。

十三年間、毎年春に堀田家の新刊が発売されてきたのだけれど、このシリーズの魅力の一つに、登場人物が少しずつ歳《とし》を取っていく、というのがある。我らがサザエさんは永遠の二十四歳だし、みんな大好きちびまる子ちゃんは去年も今年も小学三年生。それはそれで安定の世界ではあるのだけれど、私たちと一緒に（正確に言うと少しゆっくり）歳を経ていく堀田家のみんなにとても親近感がわいてくる。なかでも子どもたちの成長を見守るのがとても楽しい。まるで親戚のおばちゃんのような気分。まぁ、バンドワゴンの要である勘一の老いや我南人の病気はちょっと心配だったりもするのだけれど。

病気といえば、ちょうどこの解説を書いている途中で、私は熱を出して子どもと一緒に寝込んでました。その時、孤軍奮闘する夫を見ながらふと思ったのが、もし堀田家で勘一以外全員寝込んだら……ということ。勘一が洗濯？　いや無理でしょ。勘一が炊事？　いやいやいやいや、とんでもない味付けの料理が出来上がりますよ（本編を読んでいる方は激しく同意しているはず）。想像するだけで震える。みんな余計に具合が悪くなっちゃうので小路さん、どうかそれだけはよしてくださいね。

さて、このシリーズ本編はサチの語りによって話が進んでいきます。「あれ？　サチって誰だっけ？」と思いますわね。そう、サチというのはすでに亡くなっている勘一の妻。けれど実はなぜか成仏せずにずっとこの家で家族を見守っているという設定、つまりサチは幽霊として登場しているのだ。この「幽霊の視点」というのがとても便利。いろんな人のいろんな場面を無理なく語ることができるので。

ああ、そう言えば、この幽霊であるサチと私の推しメン紺ちゃんは会話できちゃうのだ。本編それぞれの章の最後は、紺ちゃんとサチの会話で締められる。このやりとりがいいんです。ほっとする瞬間。

そしてこのシリーズは、三作ごとに番外編が発売される。

最初の番外編『マイ・ブルー・ヘブン』は語り部サチと勘一の出会いの物語。つまり「東京バンドワゴン」始まりの物語。終戦直後の東京を舞台にしたハードボイルドな長編なのだけど、あまりにも大きなものを背負っている堀田家にびっくりしてのけぞること請け合い。

二番目の番外編『フロム・ミー・トゥ・ユー』は、サチ以外の登場人物によって語られるそれぞれのエピソード。いかにサチが幽霊であっても、登場人物の心の中までは見えないですからね。あの場面で彼らはこんな風に考え、感じ、悩んでいたのかと、もう一度本編を読み直したくなる作り。

そしてその中で語られた秋実の物語が『ラブ・ミー・テンダー』の冒頭部分。そう、今作はシリーズの中でほとんど描かれてこなかった我南人の亡き妻で、家族の太陽的存在だった秋実の物語。しかも堀田家に家族三人しかいない、つまりある意味レアな堀田家核家族物語でもある。

まずは出会い。高校生の秋実がよからぬ男たちに襲われている、そこにライブ帰りの我南人がさっそうと現れて秋実を救い出す。なんだこのドラマチックな出会いは！　危険な状況で自分を救い出してくれたのが人気絶頂のロックスターって、そりゃ普通はもう目がハートになりますわね、間違いなく。

しかも足をくじいた秋実を背負って家に帰り、訳も聞かずにかくまってくれる。ここでバンドワゴンファンはニヤリとするはず。「我南人の両親、勘一とサチの出会いもこういう感じだったわね」「つくづく劇的な出会いをする親子だこと」と。

では、そもそも高校生の秋実が物騒な男たちに襲われていた理由は何か、そしてそのトラブルにつながる秋実の身の上とは。

秋実は実は孤児院育ちなのだが、そこでともに過ごしていた親友が今を時めくアイドル冴季キリで、彼女にまつわるトラブルを解決しようと後先考えずに飛び出してきた、というのが物語の筋。

アイドルのトラブルといえば今も昔も恋愛でしょう。キリも男性アイドルとの恋に悩み、それが両方の事務所を巻き込んだ大騒動に発展していくのだけれど、このあたり若い読者はピンと来ないかもしれない。なんでアイドル同士の恋愛でそんなにもめるの？　大げさな、と。

今、アイドルは会いに行ける存在で、ＳＮＳを通じて割と簡単にやりとりできたりする。もっと言えば、アイドルとファンの間に恋愛も成り立っちゃう。けれど、この物語の舞台となっている昭和四十年代は、アイドルはあくまで別世界の存在であって、ファンとの恋なんてとんでもない、アイドル同士の恋愛もご法度、絶対にあってはならないものという時代。今ほど自由に恋もできず、ひたすら偶像として笑顔を振りまき続けなければならなかった。だから、こんな大問題となっていったのだ。

そういう時代だったから、この二人のアイドルはそうとうな覚悟を必要としただろうし、親友である秋実も単身で事務所に乗り込むほど心配したというわけ。しかし、しょせんは女子高生。一人の力じゃ何も解決できない。そこで堀田家の出番となるわけです。

困っている人がいると放っておけない人たちですから、何の関係もない秋実のために、一肌も二肌も脱いじゃいます。それにしても、どえらい解決の仕方ですよねぇ、まさに力技。これも今よりももっとテレビの持つ力が大きかった時代だからこそ、なのでは。と、アイドルの問題は解決した。でも秋実と我南人の関係は？　そう。肝心の二人はいつのまに恋に落ちていたんでしょう。若い二人ですから一目会ったその日から恋の花が咲くこともあるでしょう（古いっ！）。

まぁ、一目で惹《ひ》かれあったとしてその後、二人の間に「何か」が生まれたはず。それは多分、お互いに持っていないものを相手の境遇に見たからじゃないか。秋実にとっては父親と母親のいる家族というもの。我南人にとっては血のつながりはなくてもともに育つたくさんの兄弟たち。特に我南人にとって秋実との出会いは強烈だったはず。両親や近所の人たちとの濃い付き合いの中で育った自分にとって、他人の中で生きてきた、しなやかさや強さ、そして寂しさというのは初めて知るものだっただろう。だから自分に足りなかったものを持つ相手として、お互いに強力に惹かれあったとしても不思議はない。

そしてもう一つ、サチの存在が大きく影響したんじゃないかと思う。

堀田家に運び込まれた秋実から、なぜ何も聞かないでそんなに優しくできるのかと尋ねられたサチの「可愛《かわい》いからよ」という答え。

「若い女の子はね、皆可愛いの。わたしは可愛い子が大好き。それだけで、優しくできる理由になるでしょう？」

施設でも母親のように温かく厳しく接してくれるママ先生こと、若木先生をはじめ多くの職員たちに大切にされてきたはず。それでもどこの誰かもわからない自分に無条件で優しくしてくれる他人の存在は、天涯孤独の秋実にとってどれほど大きな支えになったことか。

サチのこの言葉があったからこそ、のちに秋実は、突然我南人が連れてきた青を、何も聞かずに引き取って自分の子として育てていく決心をしたんじゃないだろうか。

「東京バンドワゴン」は単ににぎやかで楽しい家族小説というだけではなく、人として忘れちゃいけないこと、あるいは人として大切にしていくべきものをさりげなく私たちに教えてくれる。押しつけがましくなく、説教臭くもなく、読み終わった後に心のどこかにぽちっと残るような、そんな小さな光が仕込まれている。その小さな光を求めて私たちはまた「東京バンドワゴン」に手を伸ばしてしまうのだ。
おっと、大事なことを忘れるところでした。我南人の決め台詞《ぜりふ》「ＬＯＶＥだねぇ」というあの言葉が最初に飛び出したのは、秋実に対してだったのね。だからことあるごとにその台詞を言うのは亡き妻への報告なのかもしれない。そうだ！　もしかすると秋実はサチとは別の形でこの世に残っていて、それが我南人にだけ見えているとか？　いつも我南人にだけ事件の大局が見えていて不思議だったんですけど、それは秋実からのアドバイスがあったから？　だから最後に愛と感謝を込めてこの言葉を口にしているとか？　ふふふ、そこんとこどうなんでしょうか、小路さん。

（ひさだ・かおり　書店員／精文館書店中島新町店勤務）

本書は、二〇一七年四月、書き下ろし単行本
として集英社より刊行されました。

集英社文庫

ラブ・ミー・テンダー　東京《とうきょう》バンドワゴン

2019年４月25日　第１刷
2021年７月14日　第２刷
定価はカバーに表示してあります。

著　者　小路幸也《しょうじゆきや》

発行者　徳永　真

発行所　株式会社　集英社
東京都千代田区一ツ橋2-5-10　〒101-8050
電話　【編集部】03-3230-6095
【読者係】03-3230-6080
【販売部】03-3230-6393（書店専用）

印　刷　凸版印刷株式会社

製　本　凸版印刷株式会社

フォーマットデザイン　アリヤマデザインストア　マークデザイン　居山浩二

ISBN978-4-08-745859-6 C0193